岡部伊都子

清《ちゅ》らに生きる

伊都子のことば

藤原書店

清《ちゅ》らに生きる

目次

清《ちゅ》らに生きる

伊都子のことば

凡例

一　岡部伊都子の全作品（巻末の著作一覧の太数字を参照）から再録した。
一　表記は底本にもとづいた。
一　ルビは適宜、補った。
一　単行本発行の時系列にそって、掲載した。
一　参考のために前後の文章を注記した個所がある。
一　末尾に出典番号（巻末の著作一覧参照）と頁を明記した。
一　復刊書がある場合は、復刊を底本とし、その頁数を記した。
さらに冒頭に初版の番号をも記した。

春

一九五一—七三年

近代の文明というのは人間をあまりにも走らせすぎている。

近代の文明というのは人間をあまりにも走らせすぎていると思う。ゆっくりしたところというもの更になく、道路は舗装され並木は少なく、電車、自動車、地下鉄、飛行機の類が人間を追いまわしているように思われる。もちっと駆けるのをゆるめてもらいたい。

〈1〉〈54〉九頁

私は普段着の時が一番好もしい。

私は普段着の時が一番好もしい。外出から帰って、絹や、絞りの着物をはらりと脱ぎすて、好きな銘仙や村山大島の着物に、柔らかな裾みじかな半纏を重ねたものに手を通すと、もうよそ行きの、堅苦しい気持がほどけて、自分の本来のものがふんだんにでているように思う。

〈〈1〉〈54〉四八頁〉

生きているのが不思議でたまらない。
人間という存在がおもしろくてたまらない。

生きているのが不思議でたまらない。人間という存在がおもしろくてたまらない。自分という本性は一体何であるか。考えても考えてもわからない。自分の存在する価値は一体何であるか。

〈1〉〈54〉七一頁

帯を結ぶと心の折り目が正しくつき、
お城に閉じこもったような安心感が起こる。

夜遅く、銭湯のしまい湯に行くと、帯を結ばずに来る人が多く、中には寝巻で来る人もいる。それこそ男ならどうでもよいだろうが、女はやはり細くても帯はしていたい。内湯ならばともかく、どんなに近くても、一歩外へでれば公道である。どんな事があるかわからない。帯を結ぶと心の折り目が正しくつき、お城に閉じこもったような安心感が起こる。

〈1〉〈54〉一〇九頁

一粒の米も生命あるものなり。
私は、生命あるものを殺し、食している。

一粒の米も生命あるものなり。一尾の魚も生命あるものなり。一木一草皆生命あるものなり。人間、つまり私は、生きて行く上に必要なため、その生命あるものを殺し、食しているのである。

（〈1〉〈54〉一三二頁）

私は死に直面して、その時の自分の心境、態度を客観し、自分の真の姿を知って死にたい。

私はころっと不意に死ぬより、自分で自分の死をよく見つめて死にたいのだ。死を知り、死ぬ直前までなお、いろいろの方面から新しい美しさ、高さを求めるための努力をしたいのだ。(…)亡兄も、人の真面目の発するのは死に直面する時であろうと書いている。本当にそのとおりだと思う。だから私は死に直面して、その時の自分の心境、態度を客観し、自分の真の姿を知って死にたい。

〈1〉〈54〉一四二頁)

若いころ、あんなに、「死」を見つめていた私が、
年を重ねたいま、逆に「生」を大切に生きている。

若いころ、あんなに「死」を見つめていた私が、年を重ねたいま、逆に「生」を大切に生きている。「美しく死ぬ」ための生ではなく、「心に忠実に生きる」ための生。〈1〉〈54〉一六六頁

生きとし生けるものに共通の悲しみと苦しみ。それは〝生れいずること〟〝だんだんととし老《お》いること〟〝病気〟〝死ぬこと〟の四つだといわれております。

生きとし生けるものに共通の悲しみと苦しみ。それは〝生れいずること〟〝だんだんとし老《お》いること〟〝病気〟〝死ぬこと〟の四つだといわれております。生命というものがそこに形づくられるということの不思議さは、科学的な解明では及びもつかないもので、ただただ神秘であることに、事あたらしい驚きをもたないではいられません。そして生れ出た途端、死なねばならぬ約束に従って、一日一日老いてゆかなければならないのでございます。

〈2〉〈26〉八八頁)

ほほえんでイエスと言うのはともかく、ノーと拒絶を示すことは、なかなかできにくい。

イエス、ノーをはっきり言いましょうということは、常にいわれながら、ほほえんでイエスと言うのはともかく、ノーと拒絶を示すことは、なかなかできにくいことです。

〈2〉〈26〉一四三頁〉

時代に合わぬもの、弱いもの、貧しいもの、
とんまなものをも思いやる態度を持ちつづけたい。

朝のほこりの中に、蚊とんぼが死んでいました。長い手脚をすっかりのばし切って、蚊とんぼはおおらかに死んでいます。蚊とんぼの死の原因は知る由もありませんが、メカニカルな世の呼吸に合わないような間のぬけたその羽ばたき、〃足ながおじさん〃と呼びかけたい善意に満ちた姿で生きておりましたのに。（…）時代に合わぬもの、弱いもの、貧しいもの、とんまなものをも思いやる態度を持ちつづけたいと念じたことでした。

〈2〉〈26〉二九二頁）

つらい時間を辛抱することが、次の自分を育てるのだ。

生きている間には、苦しさつらさに思いあまって、前後の分別をなくするときがあるものです。でもそんなときには、このつらい時間を辛抱することが、次の自分を育てるのだと思ってじっとしのびますと、のちには、それが苦しければ苦しかっただけ、いい思い出になることが多いようです。

〈3〉〈26〉三五八頁）

愛、という字は、
あい・いとし・よし・いつくし・うつくし・はし・めづ、
それに、かなしともいうのである。

愛、という字は、あい・いとし・よし・いつくし・うつくし・はし・めづ、それに、かなしともいうのである。その読み方に従って、意味はこまやかに味わいをかえる。〈4〉二〇二頁

恋というのは〝孤悲〟と書くのが真実ではないかしら。

恋というのは〝孤悲〟と書くのが真実ではないかしらと気がついたのは二十歳のときで、それを人にいうと「恋は孤悲だということとは、誰か大学教授の本に書いてありましたよ」といわれたので落胆した。（…）自分ではひとつひとつ、自分で味わい納得し感覚したものを発見だと思っているけれども、どんなに新しく意識する事でも、すでに味わいつくされ表現され切っていることなのだ。

〈〈4〉四一頁〉

質の良いものを美味しく調理して、
感じよくとりあわせて、心おだやかに食べたい。

子供のころ、たいそう好き嫌いのあった私だったが、見る目美しく、食卓に花でも飾って、などと、ままごとのように食べることを楽しんでいるうち、今ではほとんど何でも食べるようになった。とくに野菜や海草はあまりこてこて手を入れないものを喜んで食べることができるから、細い身体でも案外に持っているのであろう。少しでいいから質の良いものを美味しく調理して、感じよくとりあわせて、心おだやかに食べたいというのは、これだけ生きがたい世の中にあっては、つつましいようでひどく我儘なことなのかもしれない。

〈4〉一二〇頁

葡萄酒《ぶどう》にお砂糖を入れ熱湯をそそいだものをふうふう飲んでいると、一人生きている実感がしみわたってくる。

お正月も暮もなく、徹夜に疲れた背すじをやすめて、葡萄酒《ぶどう》にお砂糖を入れ熱湯をそそいだものをふうふう飲んでいると、あたりの深夜の気配といっしょに、一人生きている実感がしみわたってくるのを感じる。男だったらこんな時、ヤケに呑んで憂さを晴らすだろう……と思われるときも、女である悲しさには、その苦痛とま正面にむき合ってそれを耐えるほかはない。だから女は男よりも卑怯ではないし、むしろ辛抱づよく勇気があるのよ、といいたいけれども、かといって全然飲まない上に飲む人を悪くいう男の人には可愛《かわい》さがすくない。

〈4〉〈100〉二四—二五頁

生活を大切にしよう、ということは、
「妥協《だきょう》をしないこと、ウソをつかないこと」なのだ。

生活を大切にしよう、ということは静かな生活を指すのではなく、「妥協《だきょう》をしないこと、ウソをつかないこと」なのだと彼は強く思い当ったのでした。

〈6〉〈26〉二〇頁

髪や顔を直したあとは、必ず抜け毛やふけをよく払っておきましょう。

おいしく出来たお料理から一筋の髪の毛がニューッとあらわれたり、ふっくら、たきたての御飯の中に、黒いすじを引いたりしていますと、もうとたんに、ものの味が落ちてしまって、文字どおり味気なく、まことに不愉快なものです。鏡の近くにブラッシを置いて、髪や顔を直したあとは、必ず抜け毛やふけをよく払っておきましょう。

〈6〉〈26〉九六頁

人間の愛とは、よりそうことだと思う。一方が一方に近づくのではなく、双方からよりそうことだ。

人間の愛とは、よりそうことだと思う。一方が一方に近づくのではなく、双方からよりそうことだ。相手が気高い人だと、自分が半分気高くなることだし、相手がくさっていると自分も半分くさることだ。気高くなることだけをゆるすのでは真の愛とは思えない。愛する者のいたみを半分ひきうけて共にくさるだけの覚悟がないなら、人を愛しては不可《いけな》い。そんな生半可な愛し方で、自分も相手も幸福になれるはずがない。徹底できないくらいならばいさぎよく身をひくべきだ。

〈7〉九三頁

死ぬこともまた光であり美であり
周囲をよろこばせうるものであることを知って、
私は自分の死を心たのしく待つ。

母は生物としてごく恵まれたあかるい死をとげた。死ぬこともまた光であり美であり周囲をよろこばせうるものであることを知って、私は自分の死を心たのしく待つ。とはいっても、母のような見事な退《ひ》き方は許されないかもしれないけれど。

〈7〉〈104〉一七一頁

サラダの色彩の美しさは
盛りつけのたびに画家になったような興奮を感じた。

コロッケやひとくちカツ、それにサラダはお得意だった。ひところは〝サラダ娘〟とあだ名がつくくらい。(…)サラダの色彩の美しさは盛りつけのたびに画家になったような興奮を感じたものだ。

〈9〉〈100〉一〇二―一〇三頁

ブルドーザーで落とされる骨、
アスファルトの下づめになった骨を考えると、
まだ生きている私の骨が哭《な》く。

ブルドーザーで落とされる骨、アスファルトの下づめになった骨を考えると、まだ生きている私の骨が哭《な》くのである。これは私の迷いなのであろうか。霊なんて信じないのよと言い切っているのに、骨にも幸、不幸のあることを、生きているものの幸、不幸と同じように感じてしまうのだ。

〈11〉〈123〉八二頁

素材を吟味することが料理の一番の要諦《ようてい》である。
そしてその素材を最も生かすのはただ淡。

素材を吟味することが料理の一番の要諦《ようてい》である。そしてその素材を最も生かすのはただ淡。華麗な調理を施した料理のうまみが、素材の持味より調理の工夫をおしつける結果になることを思うと、素材に自信がない場合、砂糖や油や酢や香料と、いろんな手を加えなければ人前に出すわけにはゆかないのであろう。教養とは野性を殺す道ではなく、野性を美しく訓練して生かす道であると思う。

〈11〉〈123〉一三一頁

いつもその人に見ていてもらいたい。
いつもその人を見ていたい。考えを話し合いたい。
喜びをともにしたい。

いつもその人に見ていてもらいたい。いつもその人を見ていたい。考えを話し合いたい。喜びをともにしたい。離れていると、その人が困っていないか、悲しがっていないかと心配でたまらない。その人の息をあび、その人を抱きしめたい。その人は、ほかのたれひとの目にも触れさせたくはないし、ほかのたれをも見せたくはない。

〈12〉〈124〉二二頁

世界最初の原子爆弾は、内海の海面に、
その巨大なキノコ雲を映したはず。

この山上からの眺めで、もっとも心にしみたのは、西の明石海峡である。海流のひだを反射して光る海の微妙な渦の表情。（…）瀬戸内海は、日本歴史そのものを、深く沈め、風光の美しさからは想像もできないほど、激しいのろいやほろびを、含んでいる。世界最初の原子爆弾は、内海の海面に、その巨大なキノコ雲を映したはず。

〈12〉〈124〉一六三頁）

「なにかほしいものがありませんか」

「なにもほしくないんです」

「それはいちばんぜいたくなことですよ。

なんにもほしくないってのは」


「なにかほしいものがありませんか」と親切にきいて下さった方に、「なんにもほしくないんです」と、正直に答えて、「それはいちばんぜいたくなことですよ。なんにもほしくないってのは」と、慰められた。

〈12〉〈124〉一八六―一八七頁

花は、真剣に生きている。

この花一輪のいっしょうけんめいの生にむかい合い、この世に、いずこにも同じいっしょうけんめいの生があふれているのを意識して、自分も花に劣らないよう、いっしんに生きようと願う、であいなのだ。花は自然のきびしい変転にきたえられながら、まったくいっしょうけんめいに、真剣に生きている。

〈14〉〈129〉六八頁

私は、お葬式の演出に全然興味がない。
個人の心における、告別の意識を手厚く考えたい。

すでに、告別の時刻をもてない一瞬いっせいの死が、起ってしまっている現実に、この「陽ノ死ンダ日」に抱く感慨は複雑である。私は、お葬式の演出に全然興味がない。いずれみてくれの多い、はた迷惑な儀式に冷淡なのだ。それよりも個人の心における、告別の意識を手厚く考えたい。

〈17〉〈99〉一三八頁

いま生きて歩いているこの苦しい道以外に、
花道なんてあるはずがない。

よりよき方向へ、至ろうと努力する道は、みんな花道だといえるであろう。脚光を浴びるにせよ、浴びないにせよ、そんなことは、花道をゆく心に何のかかわりもありはしない。(…)いま生きて歩いているこの苦しい道以外に、花道なんてあるはずがない。私たちは人生という舞台での、ひとりの役者であるという古きことばからのがれることはできない。だから、苦しい道をもって、わが花道とする覚悟がいる。

〈19〉〈125〉一〇八頁)

人間は自分の姿を自分ですべてみることはできない。

たとえ、八面れいろうの鏡の中に立ったとしても、人間は自分の姿を自分ですべてみることはできない。ときどき、鏡の中の自分に「これが私ということになっているひとりの女の顔かたちなのか……」とつくづく見入って、その、遠い、あまりに遠いまぼろしにすぎぬ現実を、はかなく思うことがある。

〈19〉〈125〉一三一頁)

自殺を思いつめた人にむかっていう。
「ともかくも、今夜は
おいしいものを食べてちょうだい」

私もよく、自殺を思いつめた人や、へとへとに疲れ切っている人びとにむかっていう。「ともかくも、今夜はおいしいものを食べてちょうだい。あなたのいちばん好きなものを食べて、それから、これからどうするかを決めましょうよ。おいしいものを食べて、美しくお化粧をしてね。それからよ、死ぬのは」

〈22〉六〇頁

寒くなるほど、灯の色は深く清く激しくなる。

寒くなるほど、灯の色は深く清く激しくなる。それは空気の澄むせいなのだろうか。あるいは、こちらの心の澄むせいなのであろうか。いずれにしても、早くくらやみがやってきて、長くくらやみのつづく季節に、灯が深々とした美しさを感じさせるのだ。

〈22〉一八一頁

無智は、
純真などと言葉をおきかえて安心するわけにはゆかない、
ひとつの怠惰である。

無智は、純真などと言葉をおきかえて安心するわけにはゆかない、ひとつの怠惰である。世間知らずの方が美しいのだと、逃げているのは卑怯《ひきょう》であった。認識と体験を超えて純真であって、はじめて純真なのだし、世俗に傷つけられてなお美しいのが、ほんとうに美しいことなのであった。

〈23〉〈119〉一八頁〉

だれもいない家の鍵をあけてはいるとき、必ず「ただいま」と家に対して挨拶をする。

外出から帰ってきて、だれもいない家の鍵をあけてはいるとき、必ず「ただいま」と家に対して挨拶をする。私にとっては家もあたりの風景も生きているもののように思われる。私のいない間も、しっかりと守っていた家全体が可愛い。

〈23〉〈119〉一七一頁)

自分自身と闘わない幸福感なんて、私には想像できない。

キリストも、釈迦も、真理をあこがれ、真実を求めた。人間存在につきまとう苦悩と、まともに闘って〝神〟とも〝仏〟ともいわれる境地に至り得たのだ。その深い苦悩、その激しい闘いこそ、人間に許された幸福感の源であろう。苦悩せぬ幸福、闘わない幸福なんて、とくに、自分自身と闘わない幸福感なんて、私には想像できない。

〈23〉〈119〉七六頁

生きているということと、死んでいるということとは、紙一重《かみひとえ》のちがいではないか。

まったく、生きているということと、死んでいる（この世にいない）ということとは、紙一重《かみひとえ》のちがいではないか。生きている自分のいまの心に強烈に存在している亡き愛《いと》しき人びとへの思慕。こんなに死者を身近に感じると、紙一重のちがいでわかたれている死者の背の気配がありありとわかるようである。

〈23〉〈119〉一二五頁

驚きのない人生なんて、ほんとうは存在しないのではないか。

驚きのない人生なんて、ほんとうは存在しないのではないか。驚かないのは心の目をつむり、心の皮膚を鈍感にしているからだ。驚きがなくなったら、驚きのないことを驚けばいい。そのとたんに、目がかがやく。なんとか、退屈しないで暮らしたいと思うほど、世にも退屈な願いはないだろう。

〈23〉〈119〉二三二頁〉

人間には、どのようにその人のことを思っても、どうにもできないことがある。

人間には、どのようにその人のことを思っても、どうにもできないことがある。どんなにたいせつな人であっても、その病気の苦しみをかわってしてあげるわけにはゆかないし、その恋や希望を、かわりに叶えるわけにはゆかない。経済的な援助も、個人の力の限界はほんとに小さいのだ。だから、それぞれが、自分の力でその苦しみを耐え、通過し、そこから次の自分を展開してゆかねばならない。

〈25〉八五頁

アルコールに酔う以上に、
ほのかな天然の匂いをもったよき清水に、
心の酔いを感ずる。

いつだったか、水に酔う、という一文を書いて、おとなの賢い男性たちから「へーえ、水に酔いますかね」と笑われたことがあった。私は、きついアルコールに酔う以上に、ほのかな天然の匂いをもったよき清水に、心の酔いを感じる。養老の滝をたずねた時、その水のうるわしさに感動して、なるほど、水がよき酒に変じたという説話ができたのも当然だと思った。こんなお水ならば、さぞ滋味深い、こくのある名酒がつくられたことだろう。

〈27〉二三頁

夏

一九七三―八三年

わがままな人間の、身勝手な願い。
だが、その思うようにはならないのが、大自然の威厳である。

わがままな人間の、身勝手な願い。だが、その思うようにはならないのが、大自然の威厳である。賢《さか》しらな計らいに、そしらぬ顔でみずから刻々を動く大自然は、われらの心に素直さをよみがえらせる。おのずから願いの達せられた時のよろこびはありがたいが、無関係なまでにそしらぬ顔であった場合も痛烈で気持がよい。

〈29〉一二二頁

藤原書店

出版案内

2007 SUMMER

［六月刊］

「水俣」の言説と表象——小林直毅編

〈決定版 **正伝 後藤新平**〉別巻 **後藤新平大全**——御厨貴編

歴史の共有体としての東アジア 日露戦争と日韓の歴史認識——子安宣邦・崔文衡

ニュー・エコノミーの研究 21世紀型経済成長とは何か——R・ボワイエ／井上泰夫監訳

〈**戦後占領期**短篇小説コレクション〉2 **1947年**——解説＝富岡幸一郎

〈**戦後占領期**短篇小説コレクション〉4 **1949年**——解説＝黒井千次

［七月刊］

イスタンブール 思い出とこの町——O・パムク／和久井路子訳

〈**戦後占領期**短篇小説コレクション〉5 **1950年**——解説＝辻井喬

清《ちゅ》らに生きる 伊都子のことば——岡部伊都子

環 30号〈特集・今こそ、「琉球の自治」を〉

［八月刊］

河上肇の遺墨——一海知義・魚住和晃

草の上の舞踏——森崎和江

歌集 **山姥**——鶴見和子／解説＝佐佐木幸綱

〈**戦後占領期**短篇小説コレクション〉3 **1948年**——解説＝川崎賢子

〈**石牟礼道子全集** 不知火〉13 **春の城**——解説＝河瀬直美

六月新刊

「戦後文学」を問い直す、画期的シリーズ！

戦後占領期 短篇小説コレクション（全7巻）

発刊 **内容見本呈** 毎月配本

[編集委員] 紅野謙介・川崎賢子・寺田博

一九四五年八月から五二年春までの、連合軍による占領期。この時期を生きた作家たちが、制約のなかで描いた短篇小説を通して見えてくるものを、一年ごとの画期的編集で探る。

2 一九四七年

[解説] 富岡幸一郎

中野重治／丹羽文雄／壺井栄／野間宏／島尾敏雄／浅見淵／梅崎春生／田中英光

四六変上製 二九六頁 **二六二五円**

4 一九四九年

[解説] 黒井千次

原民喜／藤枝静男／太田良博／中村真一郎／上林暁／中里恒子／竹之内静雄／三島由紀夫

四六変上製 二九六頁 **二六二五円**

「後藤新平の全仕事」を網羅！

『〈決定版〉正伝 後藤新平』別巻

後藤新平大全

必備書

御厨貴編

巻頭言 鶴見俊輔

序 御厨 貴

1 後藤新平の全仕事（小史／全仕事）
2 後藤新平年譜 1850-2007
3 後藤新平の全著作・関連文献一覧
4 主要関連人物紹介
5 『正伝 後藤新平』全人名索引
6 地図
7 資料

A5上製 二八八頁 **五〇四〇円**

日韓近現代史の核心は、「日露戦争」にある

歴史の共有体としての東アジア

日露戦争と日韓の歴史認識

子安宣邦＋崔文衡

近現代における日本と朝鮮半島の関係を決定づけた「日露戦争」を軸に、「一国化した歴史」が見落とした歴史の盲点を衝く！ 日韓の二人の同世代の碩学が、次世代に伝える渾身の「対話＝歴史」。

四六上製 二九六頁 **三三六〇円**

政策担当者、経営者、ビジネスマン必読！

ニュー・エコノミーの研究 21世紀型経済成長とは何か

ロベール・ボワイエ

井上泰夫監訳 中原隆幸・新井美佐子訳

肥大化する金融が本質的に抱える合理的誤謬と情報通信革命が経済に対してもつ真の意味を解明する快著。

四六上製 三五二頁 **四四一〇円**

メディアのなかの「水俣」を徹底検証

「水俣」の言説と表象

小林直毅編

伊藤守・大石裕・烏谷昌幸・小林義寛・藤田真文・別府三奈子・山口仁・山腰修三

「水俣」を封殺した近代日本の支配的言説の問題性と、メディア研究の盲点。

A5上製 三八四頁 **四八三〇円**

七月新刊

ノーベル文学賞受賞作家、待望の最新作！

イスタンブール

思い出とこの町　写真多数

オルハン・パムク　和久井路子訳

画家を目指した二十二歳までの〈自伝〉と、フロベール、ネルヴァル、ゴーチエら文豪の目に映ったこの街、そして二〇九枚の白黒写真――喪われたオスマン・トルコの栄華と自らの過去を織り合わせながら、胸苦しくも懐かしい「憂愁」そのものとしてのこの街を見事に描いた傑作。

四六変上製　四九六頁　三七八〇円

沖縄「本土復帰」三五年企画

環　学芸総合誌・季刊【歴史・環境・文明】Vol. 30

[特集] 今こそ、「琉球の自治」を
――「復帰」とは何だったのか

〈寄稿〉松島泰勝／内間豊／坂本清治／安里英子／上勢頭芳徳／新元博文／前利潔／金城馨／川満信一／高銀／高良勉／由井晶子／比嘉道子／目取真俊／波照間永吉／西里喜行／後田多敦／石垣博孝／石垣金星／田里千代基／西川潤／子安宣邦／崔元植／大石芳野／玉野井麻利子／高成田享／佐藤学ほか
〈特別講演〉「後藤新平と私」李登輝
〈対談〉高銀＋辻井喬／R・ボワイエ＋橘木俊詔
〈論文〉富田武／岡田晴恵／石津達也／河津聖恵／J－M・クワコウ
〈新連載〉橋爪紳也「水の都市論」
〈連載〉石牟礼道子／石井洋二郎／浅利誠／能澤壽彦／榊原英資／子安宣邦／金時鐘

菊大判　四二四頁　三三六〇円

わが心の言葉

清《ちゅ》らに生きる

伊都子のことば

岡部伊都子

人びとの心のかすかな揺れを文章にしつづけてきた随筆家、岡部伊都子は、その人生をいかに生きぬいてきたか。一三〇余冊の著書から、一つ一つのことばに結晶する思いのすべて、とりわけ心に響く珠玉の言葉を精選。「あなたは、どう読み、どう生きるか」――胸に迫る一冊。

B6変上製　二二四頁　一八九〇円

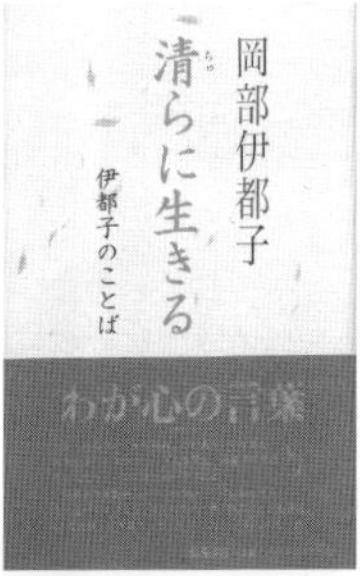

「戦後文学」を問い直す、画期的シリーズ！

戦後占領期　短篇小説コレクション（全7巻）

5 一九五〇年　【第2回配本】

[解説] 辻井喬　[解題] 紅野謙介

吉行淳之介「薔薇販売人」／大岡昇平「八月十日」／金達寿「矢の津峠」／今日出海「天皇の帽子」／埴谷雄高「虚空」／椎名麟三「小市民」／庄野潤三「メリイ・ゴオ・ラウンド」／久坂葉子「落ちてゆく世界」

四六変上製　二九六頁　二六二五円

八月新刊

〝最後の文人〟の全遺墨を集大成

河上肇の遺墨

一海知義＋魚住和晃

〝マルクス主義経済学者〟として知られる河上肇が、漢詩・和歌とともに書においても一級の作品を残したことは知られていない。中国古典文学と書学の第一人者による最高の解説を付し、近代日本が生んだ「最後の文人」河上肇の知られざる全貌を初めて明らかにする、待望の一書。

■写真版百余点収録・2色刷

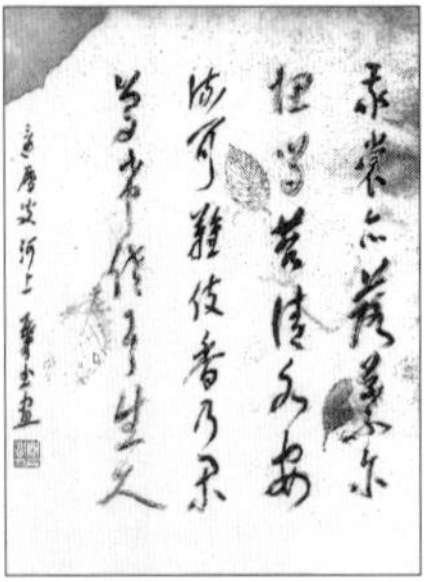

昨夏急逝した著者の最後の歌集

歌集 山姥

鶴見和子　佐佐木幸綱・解説

脳出血で斃れた瞬間に、歌が噴き上げた――片身麻痺となりながらも短歌を支えに歩んできた、鶴見和子の〝回生〟の十年。多くの人々の心を打ち、励まし続けた歌の数々。『虹』『回生』『花道』に続き、最晩年の作をまとめた、第四の、最後の歌集。

朝鮮半島と日本の間で自分を探し続ける

草の上の舞踏

森崎和江

かつて植民地であった朝鮮半島に生まれ育った詩人、森崎和江。今、「朝鮮」の風景を、自らの存在に最も根深く抱える唯一の日本人である著者が、過去から現在に及ぶ半島の生活と人びとの心の襞に、そっと分け入るエッセイを集大成。

島原・天草の乱を描いた大河小説

〈石牟礼道子全集・不知火〉（全17巻・別巻一）

13 春の城 ほか

「チッソ本社前に座り込みをしていた際、原城にたて籠もった名もなき人びとの身の上がしきりに心に沁みた。以来、島原・天草の乱を物語にすることが宿願となった。」（石牟礼）

［解説］河瀬直美　［第12回配本］

「戦後文学」を問い直す、画期的シリーズ！

戦後占領期 短篇小説コレクション（全7巻）

一年ごとの画期的編集で、占領期（一九四五〜五二）の新しい姿が見えてくる。

3 一九四八年　［第3回配本］

［解説］川崎賢子　［解題］紅野謙介

尾崎一雄／網野菊／武田泰淳／佐多稲子／太宰治／中山義秀／内田百閒／林芙美子／石坂洋次郎

＊タイトルは仮題

亡くなったなつかしい人びとへの思いは新たに、
また、生きつぐことも、苦しかったと
いたわりあいたい気がする。

「戦争がすんで、家に戻りましてからも、戦死した友人たちのことを思うと、とうていそんな気になれず、いくら結婚をすすめられても三年は、ぼうっとしていました。」やっと三年目、結婚にふみ切ったのだという。その気持がわかるような気がする。そして、亡くなったなつかしい人びとへの思いは新たに、また、生きつぐことも、苦しかったといたわりあいたい気がする。

〈29〉一三八頁

「あなたが社会的な関心を持たれるのは、一種の業《ごう》ですね」といった人があって、わたしは思いがけない業を発見した。わたしが生かされてきたのは、むしろこの業の力なのだ。

ふと「あなたが社会的な関心を持たれるのは、一種の業《ごう》ですね」といった人があって、わたしは、思いがけない業を発見した。愛欲に煩《わずら》うばかりが業ではなかった。良くも悪しくも、そのようでなくてはいられぬこと……それが業なのであった。業の意識、業の重さに苦しみながらも、わたしが生かされてきたのは、むしろこの業の力なのだと思い当った。

〈30〉七〇―七一頁

文字をつらねるということは、
口に言うのとはまたちがった、一種の誓いである。

この世にともに生きて在ることをどのようにか喜びとしている人が、たまにでかけた旅先から、心をこめた手紙をよこしてくれると、涙ぐみたくなる。口では幾度きいたかわからない同じ言葉が、しみじみと心の底にしみこむ。その人の帰る日、やはり手紙でこのよろこびを伝えようと、机にむかう思いになる。文字をつらねるということは、口に言うのとはまたちがった、一種の誓いであるからだ。

〈30〉一〇七頁

話し合いは、自分の意見をいう前に、人の意見をよく聞く心の態度から生まれてくるもの。

話し合いは、自分の意見をいう前に、人の意見をよく聞く心の態度から生まれてくるもの。絶対にこうだ！と、その自分の結論をただ押しつけるのでは、話し合いも何もあったものではありません。情熱が深くなれば深くなるほど、静かに、おだやかに、大切な問題を語り合わねばならぬものだと思います。

〈31〉七二頁

右だとか左だとかいう言葉の魔術にかきまわされて、大切にしなければならない人間としての魂、人間愛が、どこかへ沈められてしまったようなもの悲しさを覚えるのです。

まことに幼い話ですが、わたしも今だに、とっさに自分の右左の判断がつかなくて、両手を見ながら考えこむことがあるのです。わかりやすい身体の上ですらこんなありさまですから、考え方の点で「あの人は右よ」とか「あの人は左よ」などと、簡単に左右を決めてしまう世の風潮には、腹立たしいものを覚えます。右だとか左だとかいう言葉の魔術にかきまわされて、大切にしなければならない人間としての魂、人間愛が、どこかへ沈められてしまったようなもの悲しさを覚えるのです。

〈31〉八一頁〉

机というものは、一つの精神のよりどころなのでしょうか。

机というものは、一つの精神のよりどころなのでしょうか、外出から戻ってきて、わが机の前にすわりますと、ふうっと、心が落着いてきます。(…)どんなに小さな机でも、自分の机があったら、そこに展開される心のひろがりはきっと豊かなものがありますでしょうに。

〈31〉九〇頁

いい仕事ぶりというものは、目立たないもの。
それがなくなって、はじめてその良さをさとらされる。

みんなはそれが当然だと思っていたのですが、さて、その奥さまが担当を代られたとき、あとの人の仕事のできあがりとの違いがひどいので、はじめて立派な仕事ぶりだったなということが認識されたそうです。いい仕事ぶりというものは、目立たないもの。それがなくなって、はじめてその良さをさとらされる、そういうものなのかもしれませんね。〈31〉一八七頁)

人間の存在がつづく限り、寂寥はつづく。

竜穴神社の神宮寺としてつくられた室生寺《むろうじ》が、数々の美しい像を有し、女人高野《にょにんこうや》の名をもつのも、女神や釆女の連想を豊かにさせる。ここにまいって、祈り籠った数え切れぬ女人のうちには、思うお人の思いを得られぬ苦痛にうずく女人たちが、たくさんいたことであろう。人間の存在がつづく限り、寂寥はつづく。

〈32〉〈126〉九五—九六頁

何気なく書く言葉、何気なく読む言葉のなかに、
きらりと輝く真実。

何気なく書く言葉、何気なく読む言葉のなかに、きらりと輝く真実を発見する時は、他のものにかえがたい高いよろこびを感じる。こうした充実感を求めて書き、また読ませてもらうのである。

〈34〉六一頁

自分を今まで生かしてきたものは、〝疑問〟と〝可能性〟でありました。

恥多き自分を今まで生かしてきたものは、〝疑問〟と〝可能性〟でありました。これは同じひとつのことかもしれません。疑問をもつことによって、それを越えてさらに深い視野をもち、新しい疑問をもつことができます。人間の可能性は、善悪両面にあるわけですから、その可能性を、善なる方向に期待したい。悪しき自分をあきらめずに、さらに生きてゆきたいのです。

〈34〉〈100〉一九四頁

悲痛に泣く涙ばかりで、
うれし涙を知らぬことは、さびしい。

悲痛に泣く涙ばかりで、うれし涙を知らぬことは、さびしい。人生の秋の年齢になって、わたしは安らぎの、信頼の涙をこぼした。これまで人に愛され、助けられ、感動させられてこぼした涙と、すこうしちがう涙だった。象や小熊も、こんな涙が流せる身なのであろうか。

〈37〉二〇頁

からだの痛みも、まこと「死んだ方がまし」と思う苦しさだ。
そしてまた心の痛みも「死んでしまいたい」情なさである。

からだの痛みも、まこと「死んだ方がまし」と思う苦しさだ。そしてまた心の痛みも「死んでしまいたい」情なさである。変化変転の術にはそのかわりにおそろしい心身の痛みがともなうのではないか。あの『ジキル博士とハイド氏』は、同一人物の極端なる二重人格を象徴的に描いた作品だが、変身のための薬をのみ、その人間像がいれかわる瞬間、身をくだく激痛におそわれている。

〈38〉一一〇頁

いやな相手を拒否できる自由、
気のすすまぬ時はひとりでいる自由、
精神でからだを自由に動かせる自由を。

自由とはもう、そんなつまらぬ境地ではないことにしたい。いやな相手を拒否できる自由、気のすすまぬ時はひとりでいる自由、精神でからだを自由に動かせる自由を。この尊い自由がないという点で、わたしはお金のために性を売る女人を是とするしくみをそのままにしてはならないと思う。

〈38〉一三一頁

本心からの恋なれば、
世間の許さぬ恋もまた人間至純の幸福となる。

本心からの恋なれば、世間の許さぬ恋もまた人間至純の幸福となる。死を覚悟しての密通とは、よくよくの思いが極ったからではないかと思うのだが。（…）

〈38〉一六七頁）

いかに美化されようと「玉砕」思想はもういやだ。
われ、玉として砕けむよりも、
瓦壊をおそれぬ瓦として生きたし。

死に損じて生きるわたしは、いまなお「し損じ」通している。美徳やら義理やら体裁やら、男だの火だの。そんなものによりも、強いられた死を許さぬ「まだ海に届かない」同性の魂に、うしろめたい。いかに美化されようと「玉砕」思想はもういやだ。われ、玉として砕けむよりも、瓦壊をおそれぬ瓦として生きたし……。

〈49〉〈102〉九〇頁〉

人のいのちは、からだと魂とがひとつにからみ合って燃えている。

人のいのちは、からだと魂とがひとつにからみ合って燃えている。からだと魂とが分離すれば、人としての死だ。その、いのちのからくりがわからぬ。からだの成りたち、魂の成りたちがわからぬ。なぜ、このからだにこの魂が結ばれ、それがわたしとなっているのか。からだもかわる。魂もかわる。そしていつか魂が脱ける……。

〈49〉〈102〉一五頁〉

「好きな人と一緒に暮らせない」のならば、
せめて「いやな人と一緒にいない」ことをよろこびたい。

心よりそう相手との結婚にあこがれ、子どもにあこがれても、ひとりで生きたいとは決して考えなかったわたしだが、そのすべての願いに破れて、とうとう家族なしの状態である。さびしくないとはいえない。それにひとりは自由ではなく、不自由だ。(…)でも、「好きな人と一緒に暮らせない」のならば、せめて「いやな人と一緒にいない」ことをよろこびたい。

〈51〉一三六頁)

装うということは、着るということではないと思う。

装うということは、着るということではないと思う。味わうということが、食べるということとはすこしちがうように。着ていても装っていない人があり、食べていても味わっていない人があるだろう。経済的に追いつめられて「着るに着られず、食べるに食べられず」の状況では、装うとか、味わうとかはできにくいかもしれぬ。しかし、そういうなかでも、装い、味わう力をもっている人があるにちがいない。経済力があっても、装い、味わうことをしない人だっている。

〈51〉〈104〉二二五頁〉

幸福な家庭生活を送っている人でも、個は孤である。孤なる個の確立がなされていない民主主義はあり得ない。

幸福な家庭生活を送っている人でも、個は孤である。孤なる個の確立がなされていない民主主義はあり得ない。互いの個の尊重と、孤への共感とが家族を支え合う時、それは、家族をもたないわたくしどもには味わいようのない幸福な境地だ。質の深いその幸福を味わう人びとは、心通う人びとに安心して甘えはしても、孤の人間としての勉強や努力を怠らない。

〈51〉二一四—二一五頁

伝統は、もとより民芸のなかにこそより強く息づいている。

民衆的工芸という言葉は、貴族的工芸という言葉に対置する。伝統は、もとより民芸のなかにこそより強く息づいている。貴族文化が作られるまでに、まず人間文化が在ったのだ。

〈53〉一六三頁

「いっしょにいたいからいる。」
それがずっと同じ相手であり得た場合が、
真の一夫一婦ではないか。

「いっしょにいたいからいる。」それがずっと同じ相手であり得た場合が、真の一夫一婦ではないか。形骸化した家庭の一夫一婦制は、人間抑圧の悲惨な虚偽だ。男の「便利」と女の「計算」とが、美しかるべき結びつきを歪めてきた例があまりにも多い。男が家事を自らまかない得る能力をもち、女も自ら働いて経済的力をもち、そして仲よく暮す人びと。互いの愛は真実の輝きを深めよう。

〈56〉二六八頁

人は朝顔とともに起きいでるのが、自然で健康な生活なのだ。

人は朝顔とともに起きいでるのが、自然で健康な生活なのだ。千紫万紅《せんしばんこう》。大小の漏斗形《じょうごがた》の花には絞りや覆輪《ふくりん》など、みごとに多様な変わり花がある。日の出とともに咲き、日がたけると午前中でもしぼみかける。すこやかな花のつかの間の輝きに見入るためには、人も、早起きのリズムにのらなくてはならない。

〈58〉一四一頁

「かならず死ぬ」ことは、みんな知っています。

「かならず死ぬ」ことは、とりたてて口にださなくても、みんな知っています。だからこそ、一瞬でもいいから長く、楽しく生きていたいと願い、また、自分だけではなく、だれもがその心を生かした生涯を過ごされるようにと願わずにはいられないのです。

〈59〉八四頁〉

大いなるものへの畏敬の念と、人間仲間への親愛感。
それが、仕事の旅によってひきだされるありがたさだ。

大自然の微妙は、空の色、海の色、草木の在りようも土地によって異なった美しさをみせる。「このような美しさがあったのかしら」と感じ入るたびに、わたくしは自分を含めた、人間存在の小ささに思い当らずにはいられない。大いなるものへの畏敬の念と、人間仲間への親愛感。それが、仕事の旅によってひきだされるありがたさだ。

〈59〉〈100〉二二八頁）

「せめてわが心に近い伊都子語を書こう」

三十歳になってようやく必要に迫られての読書を重ねた。それでも、本性は変らない。どんなに地道な勉強をと心がけても、すぐ情感的に読み流れてしまう。目は活字をたどっていても、いっこうに頭にはいらない、理解できない、情なかった。思いだすのは少女時代に読んだ本の甘い印象。それを手がかりにして、も一度そこから出直すしか仕方なかった。まことにもどかしく腹立たしいが、文法さえ知らないのだ。正しい日本語かどうか、「せめてわが心に近い伊都子語を書こう」と思わずにはいられなかった。

〈59〉一四九―一五〇頁

わが力とは、わが実感なのだ。

わたくしの場合わが力とは、わが実感なのだ。宗教も、哲学も、思想も、芸術的感動も、ただ実感あるのみ。『共産党宣言』には心情があふれていた。労働の尊さを大切に考える社会をつくり、苦しみを少なくし、働く者に胸を張って生きさせたいと願う情愛が、道徳的な印象をわたくしに与えたのだった。

〈59〉一五一頁

新年を迎えるたびに、
一枚心の皮を脱ぐように大きくなりたいと思う。

新年を迎えるたびに、一枚心の皮を脱ぐように大きくなりたいと思う。新しい年に、大きく呼吸を吸いこもうとする感懐は、既成のものに馴れた自分の過去を洗い直して、みずみずしい自分を新たに構築しようとする願いからではないだろうか。この自らの洗い直し、みずみずしい自己創作活動は、一瞬一瞬の作業である。

〈59〉一六四―一六五頁）

いくら「法の下の平等」が示されても、
その法は人が運用するもの。
差別的偏見のしみついた世間の通念がおそろしい。

差別者は、被差別者のいたみなど知ろうともせぬ。まるで、自分が当然良き存在であるかのような思い上がりで、自分の文化とちがう野性的な生活をする者を、自分たちの社会にとけこまぬ無智蒙昧の者としてしりぞける。そこまで少数者を追いつめたものは何か、を見なくてはならないのに。(…)いくら「法の下の平等」が示されても、その法は人が運用するもの。差別的偏見のしみついた世間の通念がおそろしい。 〈62〉一三―一四頁

おさな子の色っぽさに、
女ながらも見惚れることがある。

おさな子の色っぽさに、女ながらも見惚れることがある。（…）
「しんどいことやなあ、この一生……。あなた自身のからだから
あふれくるもののために、どないに思いがけんことにあい
はるやろう。どないに苦しい思いをしはることやら……。」

〈62〉三六―三八頁

性をおろそかに扱うことが、自由であり権利であり
歓喜なのだという錯覚が、性を歪めているのではないか。

性にのみ興味をとどめる情なんて、低い好奇心でしかないのではないか。性を大切に思えば、性をおろそかに扱うことはできない。おろそかに扱うことが、自由であり権利であり歓喜なのだという錯覚が、性を歪めているのではないか。

〈62〉四九頁〉

人は真剣にものに熱中する時、全身にいきいきとした光をみなぎらせる。

遊びであれ、仕事であれ、人は真剣にものに熱中する時、全身にいきいきとした光をみなぎらせる。異性への恋に燃えている女は、猫のように敏捷で敏感だ。髪の毛の一筋一筋がかがやき、足の爪先までが緊張する。

〈62〉五二頁

悲しみをすこしでもよろこびの方向に生かしたいと願うだけだ。

くだくだと同じ愚痴をくり返す者、途方もない夢にとりつかれた者、人の悪いところばかりを見ている者、自分を売ることの好きな者……などと書いてくると、それらは全部わが性《さが》である。こういう人間とつき合うことは、さぞしんどいことやろ。かといって、絶対に正しい人、すべてに申し分ない人、あまりに行き届いた人、まったく弱みを見せない人などとつき合うことも、時にやりきれぬ疲れを覚える。（…）運命の波乱や喜悲の振幅にふりまわされてくたくたになりながら、悲しみをすこしでもよろこびの方向に生かしたいと願うだけだ。

〈62〉六一頁

いわゆる世間的常識に煩わされないで、
小さな娘に「好きな道」を進ませた
若きその母の叡智は、みごとである。

「何よりもやりたいこと」を持っていた子の幸福。いわゆる世間的常識に煩わされないで、小さな娘に「好きな道」を進ませた若きその母の叡智は、みごとである。

〈62〉一〇八頁）

「あなたはどんな男の人が好き？」と、
若い女性たちはよく話し合う。
理想の男を熱っぽく語るわりには、
自ら「どういう女になろうと思うか」が語られることが
少ないようだ。

〈62〉一一五頁）

たまたま、女に生れ合わせたわたくしは、
自分の抱く悪にどんなに疲れ果てた時でも、
本気で男性優位を肯定したことはなかったように思う。

たまたま、女に生れ合わせたわたくしは、みずからに備わった女の性に対して、嫌悪と惑溺《わくでき》と深遠とを感じつつ生きてきた。時にせつなく、時になさけなく、また時にはおそろしかった。だが、自分の抱く悪にどんなに疲れ果てた時でも、本気で男性優位を肯定したことはなかったように思う。男と女とを比較してわが女の要素に失望したのではなく、自分の人間としての卑小浅薄につき当って悲しんだのだ。〈62〉一三一頁

いたいけな小さな人は美しい。
男の子でも女の子でも、うす手な皮膚を内からかがやかせて、
匂いたっている。

いたいけな小さな人は美しい。男の子でも女の子でも、うす手な皮膚を内からかがやかせて、匂いたっている。童子童女は、そのままが花。花に面を近づけないではいられないように、小さな人びとに思いがひきよせられる。

〈64〉一七頁

人は生きている間、自己を創りつづける。

人は生きている間、自己を創りつづける。どのような自己を、どのように創っていくことができるのか、それは自分でもわからない。（…）人は自己をめぐるさまざまな状況のなかで、自己を自覚し、決意をもち、新しい自分を発見し、自らを育てていかなくてはならない。

〈64〉三七頁

身辺のおとなから受けた親切は、案外に大きな力で、子の一生に尾をひくものだ。

それはそれまでもそののちも見たことがない照るような肌をもつ豊類の茶碗だった。（…）この品は、しかし、てのひらにうけてごはんを食べる時の触感とよろこびとを今も心にのこす大きな力となっている。身辺のおとなから受けた親切は、案外に大きな力で、子の一生に尾をひくものだ。〈66〉一九頁）

黒があらゆる色をのみこんだ暗闇であるとするならば、その黒をも実在させる全存在、光線が白である。

人は白をさびしいというけれど、さびしいどころか豪奢である。清純や清楚、素朴の意ばかりではない。透明なものの色彩化としての白、白熱する炎の白、無限空白の白、そして他の色彩を顕現させ得る虚空としての白、死支度の白。黒があらゆる色をのみこんだ暗闇であるとするならば、その黒をも実在させる全存在、光線が白である。

〈66〉二一頁

生と死を、光と闇とにたとえ易い。
だが母が、闇に沈んだとはどうしても考えられない。
あの人は、白昼光り渡る風になったのだ。

悲しくて泣いてもすぐに心晴れた母。明るく無邪気だった母は、五月の光のなかへ溶けてしまった。生と死を、光と闇とにたとえ易い。だが母が、闇に沈んだとはどうしても考えられない。あの人は、白昼光り渡る風になったのだ。〈66〉五一頁

「こんなに汚く老化してきた自分を見ることができるなんて」ありがたい。

わたくしは、こんな年まで存命できたことがふしぎだ。「こんなに汚く老化してきた自分を見ることができるなんて」ありがたい。だからあまりめそめそしないし、必死で老いをかくそうという気もない。

〈66〉五五頁

結婚していて、しかも自己を育てることこそ、結婚の醍醐《だいごみ》味ではないか。

結婚していて、しかも自己を育てることこそ、結婚の醍醐味ではないか。自分の妻となった女性が、結婚後も絶えず成長して刻々とよき人格をきずいてゆくのを見ることは、夫たる男性の大いなる幸福だと思われる。

〈66〉九七頁）

人のよさを尊ぶ心、人のしあわせをよろこぶ心、
人のかなしさをともにいたむ心がなくては。そして、
その個人的なよろこびが社会にも美しくひびくと
認識していなければ、
素直に人を祝福する言葉なんて生まれようはずがない。

〈〈66〉一五九頁〉

器を美しく洗う後片づけの気持ち良さ、
ひやごはんはひやごはんなりのうまみ。
わたくしにとっては、どちらも大切な人生の味なのだ。

〈66〉〈102〉二二四―二二五頁

死んだ人は、日が経つと影が薄れてゆくもの。
だが、本当に心に近い相手の姿は、
日が経つにつれて濃くなりまさる。

妹のわたくしにとって、最も身近かな理想の男性だった兄。兄が病弱のわたくしをいたわってくれたやさしい心づかいの数々が、死後三十七年、ずっと濃くわたくしを包みつづけている。死んだ人は、日が経つと影が薄れてゆくもの。だが、本当に心に近い相手の姿は、日が経つにつれて濃くなりまさる。

〈66〉二〇三一二〇四頁〉

浄化できぬ廃棄物が沈澱して、
世界の海がうめき始めている。

かつては絶景とたたえられてきた瀬戸内海は、赤潮の渦ひく危険海とかわっている。いかにアブストラクトの紋様を描こうと、赤潮は魔潮である。人が、潮の神気を汚してゆく。潮流の落ち合う深みに、浄化できぬ廃棄物が沈澱して、世界の海がうめき始めている。

〈67〉九五頁

眠る前には必ず薬罐《やかん》に水を張ってコンロの上にかける。

眠る前には必ず薬罐《やかん》に水を張ってコンロの上にかける。魔法瓶三つにお湯をつめて、洗い桶にも水をたくわえておく。夜中に何事か起った時、とっさに使える水一杯が大きな力を発揮するものだ。また、何かの理由で水道がとまった時、この薬罐一杯の飲み水、魔法瓶三つのお湯の用意が、どんなにかありがたい。

〈67〉一七六頁)

「戦争はまちがっている。戦争で死にたくない。」
沖縄で自決したある若者の声であるが、
過去の声ではない。現在の声である。
そして、未来の声でもある。

語らずにはいられない。人は死んだ。「戦争はまちがっている。戦争で死にたくない」と言いのこして。その声は三十五年前の五月三十一日、沖縄で自決したある若者の声であるが、過去の声ではない。現在の声である。そして、未来の声でもある。

〈68〉六三頁

「安楽死」というやさしい言葉ででも
殺されるのはいやだ。

さまざまな死にようがあって、人はどんな健康な人も幸運な人も、いずれはみんな死ぬ。必ず死ぬ。だからわたくしは汚染の毒や薬害や交通事故、戦争その他、他者の力で殺されたくない。「安楽死」というやさしい言葉ででも殺されるのはいやだ。はた迷惑なみじめな姿になっているかもしれないが、最期まで生きていたい。

〈68〉九七頁

「斬る！」そのさっそうたる形のよさに
恍惚とした自分が、いまはおぞましい。

自分が「斬りすてご免」だった町人の娘でありながら、人斬り武士にあこがれた心の妖しさよ。士・農・工・商とされた「いやしき町人」の「清い武士」へのあこがれ。「斬る！」そのさっそうたる形のよさに恍惚とした自分が、いまはおぞましい。「斬られる」者の身となれば、いかに「斬る！」ことがおそろしいか。「斬られる」側の身になって考えていては、「斬る！」ことなどできはしまい。

〈70〉二三五頁

「装いは生きかた」だ。

他の人のいろいろな服装や、行動をながめていて、ふと、美しいな、よいなと思ったり、へんだな、よくないなと思ったりします。好みに、その人の性格がうかがわれ、「装いは生きかた」だと実感します。

〈71〉六六頁

持ち主と持ち物とだけの心通う対話です。

その机も、そのハサミも、その電気スタンドも、みんなこちらを見ているのがわかります。どれもに、形があり、色があり、相があり、思いがあり、言葉があり、いのちがあります。そして、それが自分のそばにあることについての、物語があります。それは、持ち主と持ち物とだけの心通う対話です。

〈71〉九一頁

一個の紅《べに》わんにも
何人の人の重い労働がこめられているのか。

おわん、つぼ、お膳、お重など、漆器が好きで大切に使ってはいましたが、一個の紅《べに》わんにも何人の人の重い労働がこめられているのかをようやく思い知ることができ、呆然としました。人は、えらそうに、お金で買って、物を自分のものとしたつもりですけれども、物には、ふしぎな運命が宿らざるをえないのです。

〈71〉一〇〇頁

清らかな水によって、
美の最高を「浄」とする価値観も決まったのでしょう。

ささやかな草に置く露を、永遠の瞬間と見る繊細な神経は、風土の織りなす美学によって、美とされ、善とされてきました。どっぷりと湿気に包まれているからこそ、草木も茂り、人の肌もうるおうのだそうです。清らかな水によって、美の最高を「浄」とする価値観も決まったのでしょう。〈71〉一〇六頁〉

いざこざをなくする「水」の力。

長い間のいざこざやわだかまりを解決する時、「これまでのことはさっぱりと水に流して」とか、「すっかり水にして」とかいうことがあります。それですっかり「ないことにしよう」という意味なのです。こだわりを溶かし、いざこざをなくする「水」の力。

〈71〉一一〇頁〉

人は、だれにでもきれいな心があります。

人は、だれにでもきれいな心があります。人を苦しめた自分の罪は、ほかの人に黙っていても、自分には、よくわかっています。

〈71〉一七八頁

死後の浄土ゆきよりも、
存命の現世を浄土と化すのに、
わたくしたちは何ができるでしょう。

死後の浄土ゆきよりも、存命の現世を浄土と化すのに、わたくしたちは何ができるでしょう。この世を構成する人間が、おのおの自分のなかにひそんでいるよき力（仏性）を発揮することは、ほんとうに不可能なのでしょうか。〈71〉一九〇頁

自分を優しく気持のいい存在にきたえてゆくうれしさ。

お金もほしい。物もほしい。異性の関心もほしい。親の庇護や、先生の真心もほしい。けれど、そういうものより、何より、もっともっとうれしいのが、この「自分発掘の幸福感」、いいかえてみると、「自分の悪意とたたかって、自分を優しく気持のいい存在にきたえてゆくうれしさ」だと思います。

〈71〉二〇四頁

志の仲間は心のもっとも近いところに置く心の血縁だ。

たとえ血縁でなくとも、志の仲間は心のもっとも近いところに置く心の血縁だと思います。極端にいえば、一生お会いする機会がなくても、「あの人がそこに生きていてくださる」というよろこびや、「あの方が、いい仕事をしていてくださる」という信頼を抱くお人があります。先方はごぞんじなくとも、こちらは一方的に心の仲間と考えて、ありがたく思っているのです。だれもが、こういう感動のもてる存在を発見して、生き生きとよろこんでいたいものです。

〈71〉二一九頁

本を読むことが好きだったおかげで、
こんなに長く、いのちを保つことができたのです。

むしろ休学したおかげで、たくさん本が読めたのです。そして自分の見聞きすることだけが人生なのではなく、古今東西に思いがけない人の世界があるのを知りました。（…）ルビを頼りに本を読むことが好きだったおかげで、日常のなかに豊かな夢見心地を味わいながら、こんなに長く、いのちを保つことができたのです。

〈71〉二四〇―二四一頁）

よろこびの芯となるのは、
相手への敬意、その人柄への思慕。

からだの愛も、心の愛とともに、二人で成立させる大切な愛です。このからだを踏みにじっては、せっかくのからだの愛をいやしめてしまうのです。たがいに尊びよろこぶことのできる二人の境地が創作できるのに、むざむざと荒らしてしまうのは、もったいない気がします。興味が消えたあとで、よろこびの芯となるのは、相手への敬意、その人柄への思慕。

〈〈71〉二四七頁〉

小さな人に豆をむく手伝いをさせてあげたい。
小さな人はたのしみながら、
からだで野菜との対話を覚えてゆく。

季節中、何度となく豆ごはんを炊いて、「豆類が好きですね」と言われる。自分では、美しい上においしいから使うので、「豆類が好きだから」とは意識していなかった。そう言われてみれば、どのお豆もひょうきんで、可愛い。（…）面倒でも、小さな人に豆をむく手伝いをさせてあげたい。小さな人はたのしみながら、からだで野菜との対話を覚えてゆく。

〈72〉三七頁）

朝早く、やわらかな筆の穂先で
雄花の花粉を、雌花へ移した。
そのたびに、すこし胸がときめいた。

家で作ってみて、はじめてかぼちゃに徒花《あだばな》のあるのを知った。大きな黄の花が咲いていても、実を結ばない場合がある。朝早く、やわらかな筆の穂先で雄花の花粉を、雌花へ移した。そのたびに、すこし胸がときめいた。

〈72〉五五頁〉

盃という小さな器のもつ宇宙が好きだ。

わたくしは、盃という小さな器のもつ宇宙が好きだ。ろくに飲めもしないのに、大小いろんな盃が集った。半年ほど前、桜の灰で、辰砂がまるで花びらのようなぴんく色に焼けた灰陶の盃を恵まれた。お酒を入れると、いっそう綺麗である。

〈73〉一一九―一二〇頁

不当な侵略を「征伐」とは。
自分のなかの卑劣さや差別心、無関心や悪の要素こそが
「征伐」しなくてはならないものでしょう。

不当な侵略を「征伐」とは。それを聞く人々の、言いしれぬ無念を思います。まちがいは恥じ改めたい、小さな人びとと互いのやさしい魂を守りたい、そして、自分で自分を訓練しつづけてゆきたいと思います。自分のなかの卑劣さや差別心、無関心や悪の要素こそが「征伐」しなくてはならないものでしょう。地球的規模にひろがってしまった不幸な非人間化が「征伐」できればよいのですが。

〈73〉二一九頁

秋

一九八三—九三年

露が消えるように、
気がつけば消えていたい。

なんとか残った人々に迷惑を及ぼすことなく、露が消えるように、気がつけば消えていたい。(…)「美しく死にたい」と思っていたが、お蔭で、その甘えからは脱け出せた。これはまことに自由な感じだ。「行き倒れになってもいい、むさくるしく死んでもいい」と思えるようになったことが、社会に出て三十年間働かせてもらったおかげの、最大の成果かもしれない。

〈76〉二〇頁)

お金、背景、学歴、健康、……何もないという自分を、
はじめて三十歳で自覚、巡り逢った。
あれは新鮮な、自分との出逢いでした。

それまではやはりどこかのこいさんであったり、ご寮《りょん》さんであったり、あるいは体裁しいの奥さんであったりしたわけですが、それがもうそういう呼び名で呼ばれる何物もない、お金はない、背景はない、学歴はない、健康はない、わたくしを愛してくれるものもない、ただ母という血縁がいるというだけで、その他は何もない。何もないという自分をわたくしははじめて三十歳で自覚、巡り逢った。あれはやはり新鮮な自分との出逢いでした。

〈77〉六七―六八頁

年を重ねるにつれて、余分な要素が洗われてゆく。
持ち重りしていた若さから、
一つ、また一つと自己解放されてゆくうれしさ。

ありがたいことに、年を重ねるにつれて、余分な要素が洗われてゆく。自己規制しないで、できるだけ心に近い行動をとる思いきりもできるようになった。世間は、こういう変化を老化だと規定するらしい。しかし、わたくしは、若くなくなったおかげでせっかく味わい得た自由感、解放感を、そのような否定的な表現で意味づけるのが、惜しくてたまらない。(…)持ち重りしていた若さから、一つ、また一つと自己解放されてゆくうれしさ。

〈78〉一七頁)

眠りこそ、いのちの充電。

眠りこそ、いのちの充電。古人の知恵を、今日では庶民も暮らしに活用することができる。ありがたく、あたたかく、眠らせてもらう。

〈78〉五六頁

ひそかに、よりどころとしていることばに、「生活者」という表現がある。

ひそかに、よりどころとしていることばに、「生活者」という表現がある。生活、というと、くらしをたてる生計の意味や、日常茶飯事として、長い間、いやしめられてきたように思う。だが、その日常こそ、限りあるいのちの時間の大きな部分を占める大切なもの。地道な日常のうちに、よろこびを見いだし自己を充実できなければ、どんなに味気ない日々だろう。

〈78〉九〇—九一頁

平和条項と、国民の平等、思想、良心、信教の自由などは、はかり知れぬ血の河によって生まれ得たもの。

全世界の戦争犠牲者に、もし霊があるならば、敗戦後、日本が定めた憲法の第二章「戦争の放棄」を、どんなにか共感をもって支持されているだろう。この平和条項と、国民の平等、思想、良心、信教の自由などは、はかり知れぬ血の河によって生まれ得たもの。犠牲者の魂を生かすのは、これら人間としての理想を、世界人類共通の指針とすることだと思う。

〈78〉一〇五―一〇六頁

生きているうちに、
幾たびの排泄を行為することとなるだろうか。

生きているうちに、幾たびの排泄を行為することとなるだろうか。さまざまな理由で不調のおしっこになやむ人は多い。そしてそうなって初めて、おろそかに考えていたすこやかに排泄のできる状態が、どんなにありがたいことかを、痛切に思い知る。

〈78〉一一五頁

「奥さん」とよばれるとヒリヒリ激していた。
落第して初めて「伊都子という名」を発見した。

見ず知らずの人からでも、「奥さん」とよばれるとヒリヒリ激していた奥さん落第生。落第して初めて「伊都子という名」を発見した。新鮮だった。ひとり者までが「奥さん」とよびかけられるのは、「かなわん」。

〈78〉一三四頁〉

一年中、それぞれの季節の色ににじむ月の姿が見られる。

十五夜。
一年中、それぞれの季節の色ににじむ月の姿が見られる。
やわらかにかすむ朧の月。
濃くうるむ雨期の月。
清く澄みわたる皎々《こうこう》の月。
いてつくように青白い冴え寒月。

〈79〉一一一頁）

眠りを「時間死」と表現した。
以来三十年、ずっと、眠りをおどろきつづけている。

初めて具体的に生存のふしぎを自覚したのは、眠るという事実への驚嘆からだった。目をとじ、自覚意識がうすらぎ、まったく死んだような状態となる。けれど、死なない。からだはあったかで、呼吸している。（…）三十歳になった頃、文章を綴る生活となり、眠りを「時間死」と表現した。以来三十年、ずっと、眠りをおどろきつづけている。〈79〉一八一―一八二頁）

男性と、女性と、どちらが不幸でも、
どちらも不幸です。

被差別者を解放する闘いは、差別者自身の解放でもあります。被差別者でも差別者でもありたくないという熱願が、人間解放をめざす共同の目的へ、肩を並べることになるのですが。男性と、女性と、どちらが不幸でも、どちらも不幸です。

〈79〉〈102〉二六五―二六六頁）

やはりわたくしは、めちゃくちゃな自分語で、
おのが心を語るしか他に能が無いらしい。

谷崎氏の作品の中では、これまで遠かった『卍《まんじ》』を、甥の本棚からぬきだして読んだ。全文が大阪弁で語られている一人称の小説だ。地の文が共通語で、会話の部分が方言なのとちがって、全文がべったり濃厚な当時の大阪弁。とてもああは念入りに話せない。やはりわたくしは、めちゃくちゃな自分語で、おのが心を語るしか他に能が無いらしい。〈81〉六五頁

自分は差別なんかしないと思っていた。
人を気の毒がることで、自分をいい気にさせていた。
それこそが差別者の姿であるのに。

真実を知ろうともしないで、きれいごとで過ごしてきた。自分は差別なんかしていない。長いこと、そう思っていた。せいぜいい人を気の毒がることで、自分をいい気にさせていた。それこそが差別者の姿であるのに。

〈81〉一八三頁

小さな人の蕾《つぼみ》が、どのように大きく咲き開いてゆくか、
その可能性には限りがない。

小さな人の蕾《つぼみ》が、どのように大きく咲き開いてゆくか、その可能性には限りがない。誰にもわからない未来のせかい。どうか、その人の光をあかあかとかかげて歩きだしてほしいものだ。

〈81〉二三五頁

性が静かになってからこそ、芯から人がなつかしい。

好意を感じていても、いや、好意を意識するからこそ、近づかなかった人がある。面倒な間柄にならずにおきたい距離の置きようであった。今はそんな気づかいをしないで、素直に話し合える。誤解されない自由感、解放感に、るんるん。（…）性が静かになってからこそ、芯から人がなつかしい。親切にしたい。愛と性とにまつわる神話が、自分の場合はちがっていた。神話に合わせる気はない。ひとりの眠りは、みたされている。

〈82〉一五頁）

美しい術《すべ》と書きます。美術とは。

美しい術《すべ》と書きます。美術とは。（…）美を造型する才をつちかって、美を求め、美を再生産し、やがて、形づくった絵や彫刻その他の作品によって、自分の美的理想、精神の希求を表現したい、それで生きてゆきたい……。〈82〉一九九―二〇〇頁

「生きているいのち」の状態を、
「明かりを点《と》もしていること」と実感する空《くう》の流れ。

「生きているいのち」の状態を、「明かりを点《と》もしていること」と実感する空《くう》の流れ。その、ほのと点もされている「明《めい》」のうちに、何かを明らかにしたく、つい、「互いのいのち明かりを愛《かな》しみ活《い》かしたい」などと言ってしまいます。〈82〉二三一頁

良縁を得るのは、大きなよろこび。
それにも増して朗らかなよろこびは、悪縁からの解放！

〈83〉一九頁〉

ありふれた風景が好きだ。
地域の独自性、あたりまえの風景が尊い。

生産と産業の知恵が風土を生かすありふれた風景が好きだ。地域の独自性、あたりまえの風景が尊い。「お前は非文明人だ」といわれてもいい、わたしは平凡な生活者として、こういう風景こそ文化ではないかと思う。

〈84〉一八八頁

どんな環境にも「暗く棄つる」老いではなく、
「尊びて切に勤むる」老いを。

封建時代ただ中の老いも、その後の老いも、老いゆえの悲喜はいのちある者すべてを染めてきた。(…)どんな環境にも「暗く棄つる」老いではなく、「尊びて切に勤むる」老いを。母はあまり老いを悲しまなかった。「こうありたい」と願っていた心の浄化を自覚してそれをよろこび、「うれしいわ。うち、きれいになってきたやろ」と言っていた。

〈85〉二〇頁

ほんとうに、霊はあるのか。
もしあるとすれば、今、生きているわたくしも、準死者。

ほんとうに、霊はあるのか。もしあるとすれば、今、生きているわたくしも、準死者。やがて霊の一員となることができるだろう。

〈85〉四三頁

生者が死者の念を生きるとき、
死者は生者の人格となるのではないか。

生者が死者の念を生きるとき、死者は生者の人格となるのではないか。広島の霊は、今を悲しむ。

〈85〉四三頁

「そのまま還《かえ》らぬ人になった男性」たちの、歩いたかもしれない道をいま歩く、この後れた思い。

静寂の道。否応なく兵士となってゆく青年たちの心は、どう沸騰し、どう燃焼し、どう覚悟したのでしょうか。その時の娘でありながら、何の察しもなく戦争を聖戦と信じていたわたくしは、清らかな静けさにふるえていました。「そのまま還《かえ》らぬ人になった男性」たちの、歩いたかもしれない道をいま歩く、この後れた思い。どこまでも非専門のしろうと道をと、方向を決めた道でもありました。

〈86〉二一一頁

複数もよく、孤もよろしく。

倒れてもいい、折れてもいい、でも、その苦しみを充実の根としたい。そこから萌《も》える芽を光らせたい。誰だってせつない。さまざまな風に苦しむ人びとの姿が、透いて見えます。どうかそれが、お力となりますように。複数もよく、孤もよろしく。

〈86〉二七頁

戦争不安も、若者像も、鮮明によみがえりつづける。いつも自分を新しくしてそこにたたなくては。

戦争など忘れてもいいほど年月が経って、しかし、戦争不安も、若者像も、鮮明によみがえりつづける。いつも自分を新しくしてそこにたたなくては。

〈85〉一二二頁

心を形に「むすぶ」うまみが、
おむすびに象徴されていました。

たきたてのごはん。塩をとったてのひら。塩加減、握りしめぐあい。大きさ。「ああ、おいしい」とうれしくなるおむすび。「こうしたおむすびを作ることのできる手をもっているのは、人間だけなのですね」と。(…)合戦の及ぶほど「猿蟹《かに》」の好きなおむすびは、人間の両てのひらが心をこめて「むすぶ」もの。心を形に「むすぶ」うまみが、おむすびに象徴されていました。

〈86〉一三頁

一人立ちして暮らすには、自分の管理が必要だった。

一人立ちして暮らすには、自分の管理が必要だった。うっかり、夕食にお酒をのんでいい心地になると、徹夜仕事はできない。濃いコーヒーや、タバコで気分を変えるお人が多いときいたが、こちらはそれにも警戒しないと、忽《たちま》ち身体をそこねる。パンチの利かない話だが、みるくや葛湯で小憩というありさま。

〈87〉二〇頁

この国はどうなってんの。
毎日のように、うめく。

この国はどうなってんの。毎日のように、うめく。あちこちからも、うめく声がきこえる。今更のことではないが、それにしても、ひどい。誠実そうにかしこまって、もくもく霧にぼかしてゆく。自覚と反省のない首相発言に、国内外の信頼が傷つく。誠実は、自浄作用の基本だが、全く自浄の気配はない。

〈87〉八七頁）

一人が一〇〇歩を歩く。いいなあ。
一〇〇人が一歩を歩く。すてき。すてき。

一人が一〇〇歩を歩く。いいなあ。一〇〇人が一歩を歩く。すてき。すてき。一〇〇〇歩でも、一〇〇〇〇歩でも、歩けるときはどんどん歩いて。そして一歩をさげすまないで。歩けない人を尊敬して。人を踏まないで。人を力づけて。みんなを豊かにあたためてともにゆく歩みを。

〈87〉九一頁

どの時間も、二度とこない。

日常の、手ぬきしようもない日々刻々の生活。「しんどい」「いややな」「またか」のくりかえしが、「そやった」「ええなァ」「よかった」ことになる場合の嬉しさ。数え切れない人びとの姿が重なる。どの時間も、二度とこない。濡れそぼつ縁、流れでた花籠の水。忘れていた感動をよびおこしてもらった夜のひととき、雨はまだ激しく降っている。

〈87〉一二五頁)

笑うことは、いい事です。

笑うことは、いい事です。どんなにか悲しみに濡れていましても、表情をにこやかにして大きくほほほほと笑っていますと、何だか、悲しみが微笑にかわってゆくような慰め、を感じます。苦しんで陰気になるのは誰にでもできること。私はつらい時青空を見あげて、うぐいすの様にほろほろ笑ってしまうのを、自分の掟の一つとしたのでございました。

〈88〉一七—一八頁〉

どんなに美しいものがゆたかにありましても、
美しいと感じる心がなくては、美は存在いたしません。

どんなに美しいものがゆたかにありましても、美しいと感じる心がなくては、美は存在いたしません。私は、ほんとうに無念な試練に遭いましたけれども、自分が美にうたれる感動を、まだなくしてはいないのです。音楽に涙する、心の宝を失ってはいないのでございます。

〈88〉四一―四二頁

ああ、絶対に、ひとりひとりが大切です。

口が利けなくても、いっぱい話せます。目が見えなくても、心が見えます。歩けなくても人が来ます。その人自身の魂の深さ、心の美しさ、いのちの温《ぬく》さ、なつかしさ。あの花も、あの虫も、この草も、この鳥もりっぱなものです。どのお子も、どのお子も、堂々と尊くて。ああ、絶対に、ひとりひとりが大切です。

〈90〉一二頁

清らかな怒り、真実を歪《ゆが》めるものへの怒り。

清らかな怒り、真実を歪《ゆが》めるものへの怒り、ともすれば諸欲にまみれて本質の磨きを曇らせる悲しみ。自らをさばく怒りが美しいことを学び、自分を悲しむことができるようになれたのは、もう、四十の声をきく頃ではなかったでしょうか。

〈90〉三一頁

新しい自分が生まれてさらに出発してゆける、
そういう出会いが恵まれるのは、ありがたい。

人と人に限りません。人と物と、人と花と、人と音楽と、人と書物と……。「ああ良かった、この存在を知ることができて」。出会ったことが、よろこびになる、力になる、そこから新しい自分が生まれてさらに出発してゆける、そういう出会いが恵まれるのは、まことにありがたいことです。〈90〉七三頁

「したいこと」を持ち、
「できること」をするよろこび。

手仕事であれ、趣味であれ、労働であれ、「したいこと」を持ち、「できること」をするよろこびは、その中での苦労を、「否定」とはいたしません。（…）本人としては日常に最善をつくしていきたいのです。別に肩ひじはってのことではなく、自分の「今」を、自分の満足する状態にしたい「心のぜいたく」のゆえ。

〈90〉八五頁）

人が、年を重ねるに従って、どのように熟してゆくのか。

たいへんな勢いで老齢化の進む人口比率に、刻々、その個人の風景も変わるでしょう。でも、小さな人が、年を重ねた人間のそれゆえの美しさ、あたたかさ、深さを味わう機会がないとしたら、それは何と、さびしいことでしょう。人が、年を重ねるに従って、どのように熟してゆくのか、どのような人あたりになってゆくのか、何を、どのように表現することができるようになるのか。小さな人たちは、その人生を豊かに味わうためにも、年を重ねてゆく人びとの人間性や知恵を味わう機会がほしいですね。せっかくの人間性の学びを離れて、人生を貧しくするなんて、もったいないと思われませんか。

〈90〉一四三頁

助けを求める力もなくうずくまっていなければならないことを覚悟しないと、ひとり住まいはできない。

高年社会、孤老社会。あえて、棄老とはいわない。孤独がかえって気楽と思われる場合がある。それだけに、誰かがたずねてくれるまで、助けを求める力もなくうずくまっていなければならないことを覚悟しないと、ひとり住まいはできない。一言の伝言もできないまま、苦しみ、のたうちまわる死も、当然あり得る。

〈92〉〈111〉一八五頁

現実が暗いとき、
過去の美しい光りをかかげ、
未来に明りを点《とも》したく願って。

〈92〉〈111〉二三七頁〉

子育ても、暮らしも、仕事と同じ大切ないのち作業。

兄は、情愛解凍の戦後を知らず、本当のよろこびを味わえずに戦死してしまいました。今の若者たちに兄の姿が重なります。子育ても、暮らしも、仕事と同じ大切ないのち作業。個のそれぞれに自立できる実力があってこそ、協同生活に互いの敬愛を活かしてゆけるのではないでしょうか。自立できる自由を、ごく自然に身につけてくださいな。

〈94〉四三頁

武器なき民衆には何の力もないように思われますけど、
決して、そうではない、
「署名する、歩く、座りこむ、また集まるのも大きな力」。

武器なき民衆には何の力もないように思われますけど、決して、そうではない、「署名する、歩く、座りこむ、また集まるのも大きな力」とうかがいました。そのほかにも、話す、立つ、歌うこともできるでしょう。力及ばず、思いつくせぬうらみをかこちながらも、ひとりの声を文字に綴ります。

〈94〉六一頁

人はいつ、どういう出番がくるのか、予測もつきません。
だからこそ、
日々新しい自己発見と天性のよき訓練が大切なのでしょう。

〈94〉一〇一頁〉

冬

一九九三―二〇〇六年

志通う同性や恋にも似た男性へのあこがれを、こんなに同時に多く感じるなんて、まあ。

はたから見たら枯れゆくとのみ思われているにちがいない高年化で、じつは高年化ゆえに解放されてゆく情《じょう》の自由があるんですねえ。(…)以前はうっかり見入ったり心ゆるしたりしたら、誤解させるかもしれないと警戒していた同年代の人びとにも、すっかり気が楽に、うっとりできるようになりました。こんなに一度に、たくさんの人びとを心に近く抱いたことはありません。とくに、志通う同性や恋にも似た男性へのあこがれを、こんなに同時に多く感じるなんて、まあ。ふしぎですすねえ。そして、すてきですねえ。

〈95〉一八三頁

怒りたくなったら、まず何かおいしいもの、
好きなものを「召し上がれ」。

そう、おなかがすくと怒りっぽくなるのは、時々感じています。疲労が深くなるからでしょうか。腹をたてると、血圧が上がったり胃腸がこわばったりして、いっそう余裕をうしなうそうですから、怒りたくなったら、まず何かおいしいもの、好きなものを「召し上がれ」。

〈96〉三六頁

地球さん、地球さん。
まァ、こんなに声をはりあげて呼んでいるのに、
きこえないの、地球さーん。

地球さん、地球さん。まァ、こんなに声をはりあげて呼んでいるのに、きこえないの、地球さーん。ああ、また人間たちが、地球地球と切なそうに呼んでいるな。「地球にやさしく」なんて話しているな。どうして、どうしてこんなに大地球の自然をめちゃめちゃにつつき荒らしてから、「地球さん」なんて、言うんだ。ええ？　そうか。「だからこそ」言うのか。

〈96〉一一四頁

椿の身になれば、さぞふるさと恋しかろう。

加藤清正が持ち帰った……椿とは。いったい朝鮮のどこの地に咲いていた花木でしたろうか。（…）移植されてからの歳月、この椿は日本人の目を喜ばせながら、ここまで堂々とした姿に成りました。椿の身になれば、さぞふるさと恋しかろうと胸が迫ったのです。植物がそんなこと思うかと笑われるかもしれませんが、木には感情があります。

〈97〉三三頁）

刻々、人と逢う。
物と逢う。
現象と逢う。

刻々、人と逢う。物と逢う。現象と逢う。逢うことで全くそれまで予知できなかった自分とも逢う。中にはわれながらどうしようもない思いをもつこともある。逢うことは、おそろしい。

〈97〉一二三頁

合掌に、「ひょっとしたら精神集中だけでなく、
からだの上でとても快いことではないか」と気づいた。

天地のふしぎに対しての、神仏に対しての礼儀と思っていた合掌に、「ひょっとしたら精神集中だけでなく、からだの上でとても快いことではないか」と気づいたのは十年くらい以前のこと。てのひらとてのひら双のぬくみが、両手の精気が合掌の内にこもってくる。

〈97〉一三五頁

殺された魂は、限りなく今を生きている。

おびただしい戦争犠牲者は、若人ばかりではない。自国、他国、とても数え切れぬ状況を、どうしようもない。そのすごい散りいのち、殺された魂は、限りなく今を生きているような気がする。美しい池で、重々《じゅうじゅう》の落葉が沈み、腐った葉の上に新しい落葉の幾重にも重なっているのを見て、兄はどのあたりか、鐸三兄さんは、婚約者はどこかと思った、おそらく、生きている者も生死浮遊の空間を、漂いつづけるのだろう。

〈98〉四五―四六頁〉

暮らし必需の品々は、心に叶う、手に合う、
ていねいに創られた品々を。

器、道具、着るもの。わたくしは、人の生活を支えている暮らし必需の品々に感謝しています。余分なものは要らなくて、どうしても必要なものには心に叶《かな》う、手に合う、ていねいに創られた品々を。

〈105〉一九八頁

今、を直視して、今の自分を棄てないできました。

とにかく、その時その時を大切にしています。今、の足をまともにおろさなくては、次、の足がおろせませんから。泣きながら、痛みをこらえながら、嬉しくて笑いながら、楽しく人と語りながら、しんどくてあえぎながら、まあともかく、その今、を直視して、今の自分を棄てないできました。

〈105〉二〇四頁

音楽も、絵も、言葉も、
いえ、生活そのものがお互いの魂の表現。

思えばお茶も、音楽も、絵も、言葉も、いえ、生活そのものがお互いの魂の表現。すべてを大切に、良き方向に活かしてまいりましょう。折りから八月六日、無念の刻に深くいのちを祈ります。

〈105〉三三三頁

いつのまにか、自分は白骨だと感じていた。

「我やさき、人やさき、けふともしらず、あすともしらず、おくれさきだつ人は、もとのしづく、すゑの露よりもしげしといへり。されば、朝《あした》には紅顔《こうがん》ありて、夕《ゆうべ》には白骨となれる身なり。」小さな時からいろんなお文をきいたはずだけれども、この「白骨」が身にしみている。「我やさき、人やさき」みんないつ死ぬかわからない。（…）いつのまにか、自分は白骨だと感じていた。これは、科学だから。誰も否といえない現実だから。

〈106〉二四―二五頁

沖縄を踏みにじって苦しめて、しかも、見棄ててきた、
ヤマトンチュウの一人としては、
ここに立つのもおこがましい。

沖縄の魂、それこそ沖縄を踏みにじって苦しめて、しかも、見棄ててきた、ヤマトンチュウの一人としては、ここに立つのもおこがましい、そんなことというのもおこがましい。

〈106〉八〇―八一頁

美しい拒否の自由をもつ民衆のお仲間でいてくださいませ。

ずいぶんたくさんの人が沖縄から勇気を学んでいますが、それだけにおじい、おばあに至るまで、バスに乗って反対意見をいいにいらっしゃる、その拒否の精神。人は自由というけれども、なんでも勝手にするのが自由ではない。拒否すべきことを拒否する自由があるかないかが問題です。どうぞ美しい拒否の自由をもつ民衆のお仲間でいてくださいませ。

〈106〉九三頁〉

磨滅の骨から、こちらの方の、成り行きがかなしまれている。

これまで「骨かなしむ沖縄」と言いつづけてきたが、この「骨かなしむ」は、生きている自分が「無念に殺された骨をかなしんでいる」という思いだった。しかし、今回、はじめてその磨滅の骨から、こちらの方の、成り行きがかなしまれているのではないか、と思い当った。くだけてゆく骨が、まだ生きている骨たちの行方がどうなるかを心配されているという、かなしみの実感。

〈106〉一二八頁

つらいけれども、辛さも喜びにする文化を創りたい。

わたくしはこのごろ、つらいけれども、辛さも喜びにする文化を創りたい。朝鮮民族にとっても沖縄琉球王国にとっても、日本という国は残酷なことしか、してこなかった事実がある。けれども、大好きな在日のみなさんにしても、大好きなウチナーのみなさんにしても、ほんとに苦しめられて身につけられた、ある意味ではうとましい日本語ではあるけれども、その日本語が、いまや日本のまちがいを糾弾する、たたきのめす、まちがいを正してやるその文字になりつつあるということを実感します。

〈106〉一四五頁

みんな自分の花を光にしましょう。

わたしは、それぞれの人がそれぞれの花で、生きてるあいだ、ご自分の光を放たれることを〃花明り〃と名付けているんです。そういう〃花明り人《びと》〃が、気がついてみると、おびただしくいらっしゃる。それを喜んでいます。そのなかの一人でありたいと思っています。みんな自分の花を光にしましょう、自分の命を輝かせて、どうぞ人類のために、世界のために、小さなお人たちのために未来をつくってくださいい、そのお力でいらしてください。

〈106〉一六七頁

自分が真実願っている喜びの境地へ自分を解放したいのです。

人間は「その人」だとされている素材とていねいにつき合って暮らすほかに、自分のいのちの時間がありません。人さまに見せるために生きるのではなく、自己改革とでも申しましょうか。自分が真実願っている喜びの境地へ自分を解放したいのです。

〈108〉一二一頁

心だって、精神細胞だって、
自分の人間性を、平等の美学に近づけることが可能でしょう。

生きている間、身体各部の細胞は旧《ふる》きをつぶし新しくなると申します。衰えながらも病因と闘い、最善を尽くしつづける身体細胞。ならば心だって、精神細胞だって、万民の素直な皮膚感覚を凍らせていた「あの時の体制」を批判し、自分の人間性を、すこしずつでも人間らしい水平の美学、平等の美学に近づけることが可能でしょう。わが個の自由として、よき自在性を求めて。

〈108〉一三頁〉

ふしぎですね。眠っていても、起きていても、いのちある限り「育つ」んです。

ふしぎですね。眠っていても、起きていても、いのちある限り「育つ」んです。面白いことに、病気ばかりして、入院したり、養生したりしている私も、成長するんです。成長が充実となり、やがて衰亡となるのも、私には新しい「発見」です。

〈108〉一八頁

口から入れるものはみんな薬。

口から入れるものはみんな薬。何がどうなっているのかわからないものがいっぱいあって、それも簡便に食べられるように供給されていますが、尊敬する農業者もまた、たくさんいてくださいます。（…）小鳥のつついた味見の痕も「ありがとう」です。「いただきます」。

〈108〉三六頁

大和はもとより、京文化に濃い影響を与えたのは、百済《くだら》文化でした。

「京都は桓武天皇の縁ですね」、その生母高野新笠《たかぬのにいかさ》は百済武寧《むねい》王出自の女人です。大和はもとより、京文化に濃い影響を与えたのは、百済文化でした。

〈108〉五〇頁

「履歴」は「病歴」でしかなかったわが人生。

正直、「履歴」は「病歴」でしかなかったわが人生では、死支度に心を用いられることが多かった。

〈108〉一二六頁）

もう、きれいごとは、やめ。自分の心に近い生きかたがしたい。

三十歳で母のもとへ戻り、体力はもとより、背景も、保護も、世間体も、すっかり消えた吹きさらしの個となった。その、自分が初めて出逢った自分の正体の貧しさは、それまでよりもずっと、わたくしを人間らしくしたと思う。もう、きれいごとは、やめ。尊厳どころではない。道ばたの餓死もしかたがない。自分の心に近い生きかたがしたい。 〈108〉一三五頁尊厳死は要《い》らない。
ただ、ひたすらに、自然死でありたい。

まったく希望せずに生まれてきてしまい、まったく希望せずに病気や老いで苦しみ、まったく希望しないまま、死んでゆかねばならぬ身に、表現としての尊厳死は要《い》らない。死後の形式も要らない。ただ、ひたすらに、自然死でありたい。

〈108〉一三八頁

お墓は要らない。土に還って土と成って再生する、すこやかな自然の循環が望ましい。

とてもとても、そううまくはゆかないだろうが、日々をていねいに暮らしたい。そして露が消えるように、気がつけば消えている自然死でありたい。お墓は要らない。土に還って土と成って再生する、すこやかな自然の循環が望ましい。もう、すこやかな自然そのものがない。自然に死ねる世界でもなくなってきたのに、これはぜいたくに過ぎる希望かもしれないが。

〈108〉一四〇頁

自分の人間として生きていきたいなと思う方向を、いっしょに進めていける相手をお選びくださいませね。

これからお小さい方々は、どんどんどんどん、いろんな人に出会って、いろんな愛を体験なさると思うけれども、どうぞ、お一人お一人の心の奥深いところで、お心を確かめながら、好きやなと思える人に、その人がどんな考えを持ってるのか、その人がどんな時にどんな行動をとる人なのか、偉い人につく人なのか、苦しんでいる側につく人なのか、倒れている人を知らん顔して通り過ぎる人なのか、たとえ及ばぬまでも、起こそうと努力する人なのか……。そういったところをね、ちゃんと見て、ご自分のお心で、自分の人間として生きていきたいなと思う方向を、自分に課して、そういうことをいっしょに進めていける相手をどうぞお選びくださいませね。

〈109〉二九頁

どの人も同じように、
同じ悲しみを持ち、
必ずいつか死んでいかなければならない。

〈109〉四九頁〉

どなたも、同じこの生存の悲しみを、ともに味わう、ともに慈《いつく》しみ合う、尊敬し合う。

どの人も、どの人も同じように、同じ悲しみを持ち、生まれてきた悲しみを持ち、病に対する恐怖を持ち、困難なことを耐える悲しみを知り、人を好きになって、その好きな人に受け入れられなかった思いも持ち、当然大事にすべきものを大事にしなかった罪も持ち、そして、必ずいつか死んでいかなければならない。いのちのわずかな時間を、皆生きている仲間ですから、どなたも、同じこの生存の悲しみを、悲劇的でなく、ともに味わう、ともに慈《いつく》しみ合う、尊敬し合う。

〈109〉四九頁)

私は、加害の女です。

私は「加害の女です」、というたら、「そない自分責めんでも、あの時は皆がそうやったんやさかい」というてくれはるけれども、だからこそ、いかにしてこういう加害をせずにいられない考え方の人間が生まれてきたのかというのを、問題にしてほしいわけです。こういう加害の女にさせられたことが、私の重大な被害なんです。私は自分を責めているけれども、もちろん自分がこういうふうにして、こういうふうになって、こういうことをしたんだということをいう勇気が持てるようになったことを、どなたさまにも、「よかったね。生きてる間に、あんた自分のしたことを、はっきりそういうようになれて」とわかってもらいたい。

〈109〉一〇一頁）

いばらずに生きていきたいね。
いばる人に、へいへいせずに生きていきたいですね。

差別というのは、いばることから起こる。いばるというのは寂しいですね。いばらずに生きていきたいね。いばる人に、へいへいせずに生きていきたいですね、本当に。自分に対して、いくらよくしてくださる人であっても。怒るべき時に厳しく怒ってくださるのはうれしいんですよ、これは愛ですから。でも、そうでなくいばり返っているのは貧しいんですね。

〈109〉一六七―一六八頁

私は、心を話してきた、心を書いてきた。

私は、言ったり、書いたりしていることは、私の心をどういうふうに言えばわかっていただけるかということだけで、心を話してきた、心を書いてきたに過ぎないのです。

〈109〉一七二頁）

目が開くと、新しい自分を発見してどきんとします。

私は一生飛び続けております。よろけ続けております。自慢じゃないけど、これが私なんです。これ以外の私がおれへんのです。健康でありたいけど、健康を知らんのですからしようがない。私は、この頃ちょっとあごが出てきたけど、これは肥えたのと違って、頬がたるんだ。おまけにからだが悪くなって、右を下にして眠ると、右ばかりが垂れるんです。びっくりしました。いろんなことがあるんですね、年がいくと。目が開くと、新しい自分を発見してどきんとしますけど、発見に次ぐ発見です。

〈109〉二二〇頁

こういう自分を持ちたいという目安を作るのは、
結局は自分ですよ。

泣いてもいいと思うの。笑ってもいいと思うの。怒ってもいいと思うの。でも、怒る時は、正しいことに、正しい怒りで怒りましょうね。怒るべきことに怒りましょうね。そういう自分の、こうしたい、こういう自分を持ちたいというその目安を作るのは、結局は自分ですよ。よきご自分をお作りくださいね。よきご自分をお生きくださいね。

〈109〉一三二頁

文明は非常に恐ろしい。
月世界へ飛んでいかんでもよろしいがな。
地球が健康やったらそれほどええことあれへん。

文明、文明というけれども、文明は非常に恐ろしい。もう今では原爆なんか世界じゅうの人類を何遍も殺してもいいぐらいあるというではありませんか。そして各地、文明国のためにその土地の風俗やら、生活やら、習慣やらを変えさせられて、本当に大事にせんならん心の問題がみんなつぶされていくんです。月世界へ飛んでいかんでもよろしいがな。その地球を守るためにわれわれは何ができるのか。もう絶対に対立やら、憎悪やら、相手を否定することを文化だと思わないでもらいたい。絶対に人は人を尊んで、尊厳を持って、どういう未来をつくる可能性があるのか、お若い方々に本当に考えてほしい。

〈115〉四一―四二頁

女性の解放こそ、男性の人間的回復の道。

女性も解放されねばなりませんが、女性が解放されることで、男性がもっと解放されてほしい。女性の解放こそ男性の人間的回復の道であり、喜びであると私は思ってます。男性も女性もともに喜び合う世界というもの、それこそを世界中の人間たちが願っていることではないでしょうか。〈〈117〉六六頁〉

自分が八十やいうことをよう忘れるんや。

私、自分が八十やいうことをよう忘れるんや。もうそないなってると思われへん。まだ子どもみたいな気持ち。〈122〉七二頁）

できるだけ上手に消えて、機嫌よく消えていきたい。

〈122〉一五二頁〉

最後の最後まで機嫌ようにこにこして、
せやけど世界人類の愛の平和を願って、な。
その方向に、逝きたい。

〈122〉一五二頁

「この戦争はまちがっている」
邦夫さん、よくぞよくぞ、この言葉をのこしてくれはりました。
あのだいじなだいじな言葉がなかったら、
わたしの生きている意味はあらしません。

〈131〉一二五頁)

ひとりで生きていくということは、
個人の責任を果たすということや。

〈131〉一四九頁〉

光り輝く方から見たら、銀色に見えることが、こちらから見たら、黒いシルエットに見えることがある。

そりゃ、新聞もいっしょうけんめい読んだですよ。でも、新聞は、学歴の高い立派な男性がほとんど執筆しているわな。同じ社会現象でも、女が、それもマイナスばかりで、学歴もなく病気がちな、傷だらけの人間が見ると、ぜんぜんちがう印象をもつ場合がありますのや。

光り輝く方から見たら、銀色に見えることが、こちらから見たら、黒いシルエットに見えることがある。あるいは、あちらは上から眺めなはって、こちらは底から眺めている。

〈131〉一五〇—一五一頁)

青春というのは、他を知るというかたちで自分を知り、自分を高める時代だと思うのです。

青春というのは、他を知るというかたちで自分を知り、自分を高める時代だと思うのです。
自分が社会でどういう位置に立っているか、同じ人間でありながら、その人たちがどういう暮らし方で生きているのかを正しく知り、生きていく考えの基礎をつかんでほしいのです。読むなら単行本、読み終わったとき、自分が引き下げられたというふうないやな感じの残らない本、地味な苦手なめんどうな本を耐えて読む努力が好ましい。

〈131〉一六二頁

覚悟がなかったら、なにも言うたり書いたりでけしません。ずーっといままで、その覚悟で生きてきました。

警察は、わたしのいえに入ってくるとな、ひどかったですよ。ここにはサケはないのか、とお酒をねだるのです。なかったら、とりよせろとかね、好き勝手なことを言うんです。ここではようあげんけどと言って、あとでビンであげましたけど。あのときは、もう母は亡くなったあとでした。わたしとしては、どうなってもええと思うてな。覚悟がなかったら、なにも言うたり書いたりでけしません。ずーっといままで、その覚悟で生きてきました。

〈131〉一八七頁

自分に厳しいから笑っていられる。
だから、わたしは、いま毎日、明るい。
ちっとも退屈せんと、笑っていられる。

いつでも、学ばないといけませんわな。表現しきれないものを、どう表現したらいいのか、自分にやっぱり厳しくしないと。自分に厳しかったら笑っていられるけれど、自分に甘かったら、泣いてばかりいることになりますがな。ちょっと逆のようだけどね。自分に厳しいから笑っていられる。だから、わたしは、いま毎日、明るい。ちっとも退屈せんと、笑っていられる。

〈131〉一九二頁

思うことを、どう表現でけたか。
ほんまは、文章を書きながらつくっていくんですよ。

思うことを、どう表現でけたか。ほんまは、文章を書きながらつくっていくんですよ。できたから書くのとは違う、書きながらつくっていくんです。自分に問いかけながら、この表現でいいのか、このことに対してこれでいいのか、自分への問いかけですな。だから勉強にもなりますわ。自分に厳しくないとな。

〈131〉一九二―一九三頁

ほんとのことを、もっとわたしたちは知らんといけませんな。
つらくて聞きたくなくても、真実を知らなかったら、
次にどういう世界をつくりたいかにかかってきますやろ。

朝鮮でも沖縄でも、女性たちは苦労してはる。朝鮮全域から連れて来られたからな、北も南もなかった。ほんとのことを、もっとわたしたちは知らんといけませんな。つらくて聞きたくなくても、真実を知らなかったら、次にどういう世界をつくりたいかにかかってきますやろ。

〈131〉二三四頁

やっぱり自分に責任をもたんといかんな。
もっと勉強して、自分がほんとうの歴史を学んで。

わたしは、一九二三年、関東大震災の年の生まれです。そのときにどれだけ、恐ろしい朝鮮人迫害、流言飛語もええとこで、たんとの人が引っ張られ、殺されたか。（…）その年に生まれた子としてはやね、日本の無礼はわたしの原点ですね。真実を知りたい。いまでも何が起こるやら。やっぱり自分に責任もたんといかんな。もっと勉強して、自分がほんとうの歴史を学んで、自分で責任もっていかんとだめやろね。

〈131〉二三六頁）

書くということは、恥をかくことや。
だから、ええかっこせんほうがええ。
真実を明らかにしたほうがええ。

書くということは、恥をかくことや。また、写真みたいに芯をうつす。だから、ええかっこせんほうがええ。真実を明らかにしたほうがええ。ずっとその気持ちで書きつづけてきました。

〈131〉二四五頁

わたしは、あえて自分で知ったことしか書かない。

わたしは、あえて自分で知ったことしか書かない。他の人がどんなすばらしいことを書かれていても、その表現は使わない。写真も同じ、自分に撮れるものしか撮らない。「自分は自分」に徹してきたからね。

〈131〉二五二頁

それぞれの人の心のなかから、渦が、
ぴょっぴょっとあがってくるやん。

それぞれの人の中から詩が出てくるやん、それぞれの人の心のなかから、その人の人生のなかから渦が、ぴょっぴょっとあがってくるやん。文章というのは、その人その人の独自のものです。そうやって、書きつづけてきました。〈131〉二七四頁

あの戦争を経験してきたわたしとしては、
もうぜったいに戦争は許せん。

わたしはイラクのことにしてもな、パレスチナ、イスラエル――ほんまのことはようわかりません。なにがどこへどうなるやら――。さっぱり、このおばあには、わからん。（…）あの戦争を経験してきたわたしとしては、もうぜったいに戦争は許せん。そやのに、また行きよる。またまた、あの人たちは、どないしたらよろしいの、ああ、どないしたらええか、教えてちょうだい。
〈131〉二九五頁）

死ぬまで、自分を育て、解放されなければ。刻々の誕生や。いまのいまが誕生や。

死ぬまで、自分を育て、解放されなければ。これで終わりということがない、毎日が始まりや。刻々の誕生や。いまのいまが誕生や。新しい自分を生んでいる。すごい、すてきなことやな。あとからいくものにたいして、励ましや。小ちゃいときから年をとるまで、誕生はあるんよ。

〈131〉四〇〇頁

いまは、ただ感謝と喜びがあるばっかりや。
ありがとう、ありがとう……。

〈131〉四〇二頁

あとがき

少女時代から八十歳を過ぎた今日まで、ひたすら心に密着したことばを、書きつづってまいりました。

多くの方々のお力のおかげで、一三三冊の本になったそれらのことばの中から、高林寛子さんが、そのいくつかをひろいあげ、すくいあげて、年代順に編集してくださいました。

こうしてみると、二十代のころから、一貫して同じことばかり、おのが心を語ってきたと思います。

わが心の手紙を、お読みくださった皆様、ありがとうございました。

また、今回も出版を引き受けてくださった藤原書店社長藤原良雄さま、スタッフの皆様、ありがとうございました。

岡部伊都子

二〇〇七年初夏

著作一覧（出典）

太数字は本書所収

一九五一年［28歳］〈**1**〉『紅しぼり』（自費出版）
一九五六年［33歳］〈**2**〉『おむすびの味』創元社
〈**3**〉『続・おむすびの味』創元社
一九五七年［34歳］〈**4**〉『いとはん　さいなら』創元社
〈5〉『蝋涙』創元社
一九五八年［35歳］〈**6**〉『言葉のぷれぜんと』創元社
一九五九年［36歳］〈**7**〉『ずいひつ白』新潮社
〈8〉『十代の質問』創元社
一九六一年［38歳］〈**9**〉『いのちの襞』新潮社
一九六二年［39歳］〈10〉『観光バスの行かない…埋もれた古寺』新潮社
一九六三年［40歳］〈**11**〉『古都ひとり』新潮社
一九六四年［41歳］〈**12**〉『風さわぐ　かなしむ言葉』新潮社
〈13〉『関西文学散歩』（共著）ＮＨＫブックス
〈**14**〉『花の寺』淡交新社

一九六五年［42歳］

〈15〉『続・花の寺』淡交新社

〈16〉『みほとけとの対話』淡交新社

〈**17**〉『美の巡礼　京都・奈良・倉敷……』新潮社

一九六六年［43歳］

〈18〉『秋篠寺　法華寺』淡交新社

〈**19**〉『美のうらみ』新潮社

〈20〉『奈良残照の寺』淡交新社

一九六七年［44歳］

〈21〉『京の寺』保育社カラーブックス

〈**22**〉『女人歳時記』河原書店

〈**23**〉『美を求める心』講談社

一九六八年［45歳］

〈24〉『仏像に想う』（共著）朝日新聞社

〈**25**〉『鳴滝日記』新潮社

〈**26**〉『抄本　おむすびの味』創元社

〈**27**〉『水かがみ』淡交社

一九六九年［46歳］

〈28〉『わが心の地図』創元社

〈**29**〉『列島をゆく』淡交社

一九七〇年［47歳］

〈**30**〉『おりおりの心　理想への振子』大和書房

〈**31**〉『鈴の音』創元社

一九七一年［48歳］

〈**32**〉『女人の京』新潮社

〈33〉『花の大和寺』（共著）朝日新聞社

〈**34**〉『蜜の壺』創元社

一九七二年［49歳］

〈35〉『二十七度線——沖縄に照らされて』講談社現代新書

〈36〉『心象華譜』新潮社

〈**37**〉『秋雨前線』大和書房

一九七三年［50歳］

〈**38**〉『難波の女人』講談社

〈39〉『御伽草紙を歩く』新潮社

〈40〉『女人歳時記・京の韻』（文庫化）角川文庫

〈41〉『カラー花の寺　京都』淡交社

〈42〉『カラー花の寺　奈良』淡交社

一九七四年［51歳］

〈43〉『仏像に想う　上・下』（共著、新書化）講談社現代新書

〈44〉『西山の寺』（共著）保育社カラーブックス

〈45〉『京の寺』（大判化）保育社

〈46〉『北白川日誌』新潮社

一九七五年［52歳］

〈47〉『観光バスの行かない…埋もれた古寺』（文庫化）新潮社

〈48〉『こころをば　なににたとえん』創元社

一九七六年［53歳］

〈**49**〉『玉ゆらめく』新潮社

〈50〉『四季の菓子』読売新聞社

〈**51**〉『あこがれの原初』筑摩書房

〈52〉『私たちの風景』（共著）毎日新聞社

〈**53**〉『京の手みやげ』新潮社

一九七七年［54歳］

〈**54**〉『紅しぼり』（復刊）創元社

〈55〉『京の川』講談社

〈**56**〉『小さなこだま』創元社

〈57〉『京の里』講談社

一九七八年［55歳］

〈**58**〉『花のすがた』創元社

〈**59**〉『小さないのちに光あれ』大和書房

〈60〉『美を求める心』（文庫化）講談社

〈61〉『京の山』講談社

一九七九年［56歳］

〈**62**〉『女人無限』創元社

〈63〉『暮しのこころ』創元社

〈**64**〉『暮しの絵暦』創元社

〈65〉『女人歳時記』（復刊）河原書店

〈66〉『ふしぎなめざめにうながされて』大和書房

一九八〇年［57歳］　〈67〉『自然の象（かたち）』創元社

一九八一年［58歳］　〈68〉『鬼遊び』筑摩書房

〈69〉『野の寺　山の寺』新潮社

〈70〉『あしかびのいのち』ＰＨＰ研究所

一九八二年［59歳］　〈71〉『心のふしぎをみつめて』筑摩書房

〈72〉『野菜のこよみ　くだもの香り』創元社

一九八三年［60歳］　〈73〉『紅のちから』大和書房

〈74〉『シカの白ちゃん』筑摩書房

一九八四年［61歳］　〈75〉『京の地蔵紳士録』淡交社

〈76〉『みほとけ・ひと・いのち』法蔵館

〈77〉『上方風土と　わたくしと』大阪書籍

一九八五年［62歳］　〈78〉『賀茂川のほとりで』毎日新聞社

〈79〉『優しい出逢い』海竜社

一九八六年［63歳］　〈80〉『風ありて　伊都子短章』創元社

〈81〉『賀茂川のほとりで　その二』毎日新聞社

一九八七年［64歳］　〈82〉『いのち明かり』大和書房

一九八八年〔65歳〕〈**83**〉『お話ひとこと』冬樹社
〈**84**〉『伊都子南島譜』海風社
一九八九年〔66歳〕〈**85**〉『賀茂川のほとりで　その三』毎日新聞社
〈**86**〉『言の葉かずら』冬樹社
一九九〇年〔67歳〕〈**87**〉『賀茂川のほとりで　完』毎日新聞社
〈**88**〉『うぐいす生きて』孔芸荘（豆本）
一九九一年〔68歳〕〈89〉『露きらめく　伊都子短章』創元社
〈**90**〉『ひとを生きる』海竜社
一九九二年〔69歳〕〈91〉『京の寺』（新版）保育社カラーブックス
〈**92**〉『生きるこだま』岩波書店
〈93〉『沖縄からの出発――わが心をみつめて』講談社現代新書
一九九三年〔70歳〕〈**94**〉『こころから　こころへ』彌生書房
一九九四年〔71歳〕〈**95**〉『出会う　こころ』淡交社
〈**96**〉『さらに　こころから　こころへ』彌生書房
〈**97**〉『夢をつらねる』毎日新聞社
一九九五年〔72歳〕〈**98**〉『朱い文箱から』岩波書店
〈**99**〉『美の巡礼　京都・奈良・倉敷……』（文庫化）学陽書房

一九九六年［73歳］
〈100〉『岡部伊都子集 1 いのちの襞』岩波書店
〈101〉『岡部伊都子集 2 暮しのこころ』岩波書店
〈102〉『岡部伊都子集 3 玉ゆらめく』岩波書店
〈103〉『岡部伊都子集 4 古都ひとり』岩波書店
〈104〉『岡部伊都子集 5 ずいひつ白』岩波書店
〈105〉『流れゆく今』河原書店
一九九七年［74歳］
〈106〉『沖縄の骨』岩波書店
一九九八年［75歳］
〈107〉『水平へのあこがれ』明石書店
一九九九年［76歳］
〈108〉『こころ 花あかり』海竜社
〈109〉『未来はありますか――おもいを語る』昭和堂
二〇〇〇年［77歳］
〈110〉『こころの花 能つれづれ』檜書店
〈111〉『生きる こだま』（文庫化）岩波現代文庫
二〇〇一年［78歳］
〈112〉『思いこもる品々』藤原書店
〈113〉『京色のなかで』藤原書店
〈114〉『弱いから折れないのさ』藤原書店
〈115〉『生き方の流儀』（共著、紅ファクトリー）
二〇〇二年［79歳］
〈116〉『賀茂川日記』藤原書店

二〇〇三年［80歳］

〈**117**〉『生き方の流儀2』（共著、紅ファクトリー）
〈118〉『シカの白ちゃん』（復刊）筑摩書房
〈**119**〉『美を求める心』（文庫化）講談社文芸文庫
〈120〉『〈韓国語訳〉シカの白ちゃん』朴菖熙訳

二〇〇四年［81歳］

〈121〉『朝鮮母像』藤原書店
〈**122**〉『まごころ』（鶴見俊輔と共著）藤原書店

二〇〇五年［82歳］

〈**123**〉『岡部伊都子作品選・古都ひとり』藤原書店
〈**124**〉『岡部伊都子作品選・かなしむ言葉』藤原書店
〈**125**〉『岡部伊都子作品選・美のうらみ』藤原書店
〈**126**〉『岡部伊都子作品選・女人の京』藤原書店
〈127〉『岡部伊都子作品選・玉ゆらめく』藤原書店
〈128〉『みほとけとの対話』（復刊）淡交社
〈**129**〉『花の寺』（復刊）淡交社
〈130〉『〈中国語対訳〉シカの白ちゃん』李広宏訳、藤原書店

二〇〇六年［83歳］

〈**131**〉『遺言のつもりで――伊都子一生 語り下ろし』藤原書店
〈132〉『ハンセン病とともに』藤原書店
〈133〉『伊都子の食卓』藤原書店

著者紹介

岡部伊都子（おかべ・いつこ）

1923年大阪に生まれる。随筆家。相愛高等女学校を病気のため中途退学。1954年より執筆活動に入り、1956年に『おむすびの味』（創元社）を刊行。美術、伝統、自然、歴史などにこまやかな視線を注ぐと同時に、戦争、沖縄、差別、環境問題などに鋭く言及する。
著書に『岡部伊都子集』（全5巻、1996、岩波書店）『思いこもる品々』(2000)『京色のなかで』(2001)『弱いから折れないのさ』（2001）『賀茂川日記』(2002)『朝鮮母像』（2004）『岡部伊都子作品選・美と巡礼』(全5巻、2005)『遺言のつもりで』(2006)『ハンセン病とともに』（2006）『伊都子の食卓』(2006、以上藤原書店）他多数。

清《ちゅ》らに生きる——伊都子《いつこ》のことば

2007年 7月30日　初版第１刷発行©

著　者　岡部伊都子
発行者　藤原良雄
発行所　株式会社 藤原書店

〒162-0041　東京都新宿区早稲田鶴巻町523
TEL　03（5272）0301
FAX　03（5272）0450
振替　00160-4-17013

印刷・美研プリンティング　製本・河上製本

ISBN978-4-89434-583-6

ともに歩んできた品への慈しみ

思いこもる品々

岡部伊都子

「どんどん戦争が悪化して、美しいものが何も彼も泥いろに変えられていった時、彼との婚約を美しい朱机で記念したかったのでしょう」（岡部伊都子）。父の優しさに触れた「鋏」、仕事に欠かせない「くずかご」、冬の温もり「火鉢」……等々、身の廻りの品を一つ一つ魂をこめて語る。**［口絵］カラー・モノクロ写真／イラスト九〇枚収録。**

Ａ５変上製　一九二頁　**二八〇〇円**

（二〇〇〇年一二月刊）

微妙な色のあわいに届く視線

京色のなかで

岡部伊都子

「微妙の、寂寥の、静けさの色とでも申しましょうか。この『色といえるのかどうか』とおぼつかないほどの抑えた色こそ、まさに『京色』なんです」……微妙な色のあわいに目が届き、みごとに書きわけることのできる数少ない文章家の、四季の着物、食べ物、寺院、み仏、書物などにふれた珠玉の文章を収める。

四六上製　二四〇頁　**一八〇〇円**

（二〇〇一年三月刊）

弱者の目線で

弱いから折れないのさ

岡部伊都子

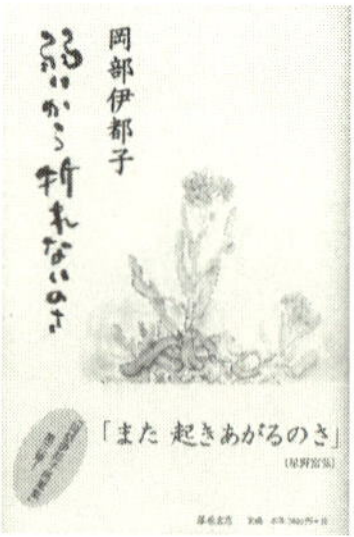

「女として見下されてきた私は、男を見下す不幸からも解放されたい。人権として、自由として、個の存在を大切にしたい」（岡部伊都子）。四〇年近くハンセン病元患者を支援してきた著者が、真の「人間性の解放」を弱者の目線で訴える。

題字・題詞・画＝星野富弘

四六上製　二五六頁　**二四〇〇円**

（二〇〇一年七月刊）

賀茂川の辺から世界へ

賀茂川日記

岡部伊都子

「人間は、誰しも自分に感動を与えられる瞬間を求めて、いのちを味わわせてもらっているような気がいたします」（岡部伊都子）。京都・賀茂川の辺から、筑豊炭坑の強制労働、婚約者の戦死した沖縄……を想い綴られた連載「賀茂川日記」の他、「こころに響く」十二の文章への思いを綴る連載を収録。

Ａ５変上製　二三二頁　**二〇〇〇円**

（二〇〇二年一月刊）

母なる朝鮮

朝鮮母像

岡部伊都子

日本人の侵略と差別を深く悲しみ、日本の美術・文芸に母なる朝鮮を見出す、約半世紀の随筆を集める。

[座談会] 井上秀雄・上田正昭・岡部伊都子・林屋辰三郎
[題字] 岡本光平
[カバー画] 赤松麟作
[扉画] 玄順恵
[跋] 朴菖熙

四六上製　二四〇頁　**二〇〇〇円**
（二〇〇四年五月刊）

本音で語り尽くす

まごころ

〈哲学者と随筆家の対話〉

鶴見俊輔＋岡部伊都子

〃不良少年〃であり続けることで知的錬磨を重ねてきた哲学者・鶴見俊輔。〃学歴でなく病歴〃の中で思考を深めてきた随筆家・岡部伊都子。歴史と学問の本質を見ぬく眼を養うことの重要性、来るべき社会のありようを、本音で語り尽くす。

B6変上製　一六八頁　**一五〇〇円**
（二〇〇四年一二月刊）

あたたかい眼ざしの四十年

ハンセン病とともに

岡部伊都子

「ここには、〃体裁〃や〃利益〃で動かされない人間の真実を、見ている人びとがある」——隔離を強いられ元患者の方がたを、四十年以上前から、濁りのないあたたかい目で見つめ、抱きしめてきた著者の「ハンセン病」集成。

四六上製　二三二頁　**二二〇〇円**
（二〇〇六年二月刊）

日中交流のかけ橋

〈中国語対訳〉

シカの白ちゃん

CD&BOOK

岡部伊都子・作
李広宏・訳　飯村稀市・写真

日中両国で歌い、日中の心の交流をはかってきた中国人歌手・李広宏が、その優しさとあたたかさに思わず涙を流した「シカの白ちゃん」。李広宏が中国語に訳し、二カ国語で作詞・作曲した、日中民間交流の真の成果。

A5上製　一四四頁＋CD2枚　**四六〇〇円**
（二〇〇五年九月刊）